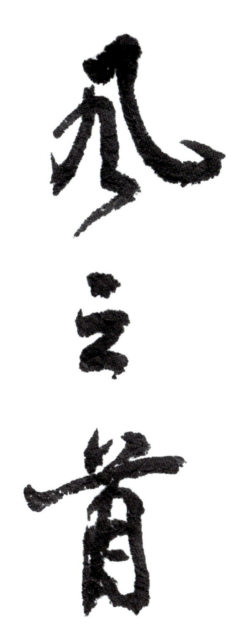

飞之首

FengZHiSHou

风之首

徐南铁　著

岭南美术出版社

图书在版编目（CIP）数据

风之首 / 徐南铁著. —广州：岭南美术出版社，2008.7
ISBN 978-7-5362-3700-1

Ⅰ.风…　Ⅱ.徐…　Ⅲ.文化—文集　Ⅳ.G-53

中国版本图书馆CIP数据核字(2007)第085386号

责任编辑：张红婴
装帧设计：张红婴
责任校对：虞向华
责任技编：钟智燕

风之首

出版、总发行：岭南美术出版社
　　　　　　　　（广州市文德北路170号3楼　邮编：510045）
出　　版　　人：徐南铁
经　　　　销：全国新华书店
印　　　　刷：广州市岭美彩印有限公司
版　　　　次：2008年7月第1版
　　　　　　　2008年7月第1次印刷
开　　　　本：850mm×1168mm　　1/16
印　　　　张：9.75
印　　　　数：1-2000册
ISBN 978-7-5362-3700-1

定　　　　价：46.00元

the future's bright, the future's Ora

[《风之首》序]

徐南铁兄送来一叠文章的复印件，是他主编《粤海风》杂志期间为每期所写的卷首语。今年是杂志改版十周年，作为一种小小的回顾与纪念，他打算把这六十余篇短文结集出版，并让我为之写篇序。这些年，我极少为他人的书稿作序，主要是杂事太多，难以腾出时间来读稿子。而不读稿子就胡乱执笔，是对作者的不尊重和对读者的不负责。因此每逢碰到这一类约请，我只能厚着脸皮婉辞。不过，对于南铁之命，我却无法拒绝。因为《粤海风》不仅是广东省文联的一份有影响的刊物，而且当年作如此改版，还是出于我的"冒险"建议。一转眼间，这份毅然以文化批评为己任的"圈子外"刊物，竟然就"含辛茹苦"地走过了整整十个年头。如今面对一篇篇《卷首语》，感慨之余，还真的有点"不胜唏嘘"。因此，尽管南铁说："其实书稿看否无关紧要，对于我的想法、我的情况、我的追求，您都是知道的。"但我仍旧止不住勃然而生的阅读冲动。抓紧时间一篇一篇地读下去。无疑，以南铁的学养、识见和才情，对付这一类文字，自然是得心应手，挥洒自如。虽然每一篇都着意压缩到最短的篇幅，写来却依然扎实灵动、文采斐然，使人有目愉心许之快。至于南铁认为我"都知道的"有关他的想法、追求，以及刊物十年来所经历的轨迹，其实已经清楚而充分地呈现在这一篇篇短文里了。因此也确实无须我再来隔靴搔痒地啰嗦一番。此时此刻我想说的倒是：《粤海风》能走到今天，能走成如今这种格局，走出如今这样的影响，南铁作为主编付出了极大努力和辛劳。特别是身处当今这种"天下攘攘，皆为利来；天下滔滔，皆为利往"的时世，没有一点精神，一种信念，一股子韧劲，是很难在这个冷清寂寞的精神之园里坚守下去的。更何况，南铁不只是坚守而已，他还在十分困难的处境下，月复一月，年复一年地斩棘披荆、垒石扶篱，竭力侍弄出一派超然于"圈子"之外的静水清阴，亭台曲径，向愿意进入者提供一个以文会友，潜思默想，高谈阔论，发挥灵性的场所。事实上，也正是凭着这种难能可贵的犯傻和执着，《粤海风》才得以从一本寂寂无闻的刊物起步，经过十年的奋斗，终于在全国文化界中变得广为人知，并越来越得到认可和支持。

南铁把这本集子定名为《风之首》，固然是因为所收的短文都是《粤海"风"》的卷"首"语之故，但其中又何尝没有一种隐藏的兀傲和自许？的确，近代以来，广东曾经不止一次领风气之先；而十年前《粤海风》打出"文化批评"的旗号，恐怕也多少属于领风气之先。当然，前路正长。一个万马奔腾的文化高潮正在来临，《粤海风》能否继续"首"领风气，则有待南铁和刊物同仁的努力。不过这首先是我作为一个读者的殷切期望。

刘斯奋

2007 年 11 月 20 日于羊城蝠堂

代序[编杂志者当有自信力]

还是前几年的事情。有一次在贵州一所学校讲学，学生递了许多纸条让我回答问题，其中有一张纸条这样写："你作为杂志主编，照顾不照顾关系稿？" 我的回答是："不照顾，因为照顾了他我就照顾不了自己，把自己的杂志搞坏了，不合算。"

记得当时赢得了一阵笑声和掌声。

话说起来容易，真做起来却大不容易。

学生们理解的关系稿的问题，可能停留在发不发熟人写的没有达到发表水平的稿子这个层面。确实，做杂志的人必须经常面对这个问题，这种现象又以思想学术类的期刊更为突出。由于中国职称制度的某些弊端，大批年轻知识分子不得不为量化指标疲于奔命。每年的下半年，接近评职称的时候，大多数大专院校学报的发稿通道都拥挤不堪。大学中人都知道，这个时候要在外校的学报发稿子比平常更加的不容易，除非是大名家。因为各学报关于本校老师的稿子都应接不暇，有些人就因为短一篇论文而得不到晋升。这种现象早已经算不上什么秘密，是中国的职称制度助长了刊发文章的买方市场。在这种沉重的历史背景下，做编辑的似乎比以往任何时候都有趾高气扬的资本，在某些被划为核心期刊因而申报职称者趋之若鹜的杂志社里，香火绵延已成平常胜景。既然道路拥挤，就会有人想走近路以图超越，"功夫在诗外" 的情形因而时有发生。这也就难怪连学生们也要问一问 "关系稿" 的事情。

但是，我们所面临的并不仅仅是发不发 "关系稿" 的问题，杂志还要面对一个是否 "维护关系" 的问题。也就是说，做主编的有没有胆量发表那些可能影响本杂志与某些人甚至波及某些团体、某些方面关系的稿件。这里指的当然是有文化意义的批评、商榷类文章，而不是那种以批评名人的方式来换取搭乘名人列车的车票，或者评选 "最差" 之类的哗众取宠的作秀。

这是关于 "关系" 的另一个扇面，另一种内涵。如果说，是否刊发 "关系稿" 涉及的是职业操守，敢不敢刊发危及关系的稿，涉及的就是职业勇气了。

中国人很注意趋吉避凶，提倡说好话，一般不愿意卷入是非。所谓报喜不报忧，已成为中国的传统。学术界更是历来有门派之分，因而有时候，一篇挑战式的文章其学术史意义或者影响学术空气方面的意义，会大于它本身的 "学术含量"。

《粤海风》曾经刊发一位教授与人争辩的文章，当编辑部认为争论可以告一段落的时候，那位教授却找到编辑部，坚持要求再给他发一篇驳论，以作争论的结束。他的理由听起来有点奇怪，却反映出某种现实。他说，我的同事看到别人批评我而我没反驳，会认为我没水平。

看来有些知识分子面对批评的时候，是把面子问题放在首要来考虑。

当杂志要考虑某些人的面子的时候，就不得不陷入尴尬的境地。

所以我认为，杂志最好离圈子远一点。

杂志不是依附品，它应当有自己的立场，应当有属于自己的信心。

《粤海风》杂志很少登门向人约稿。一开始是因为资金和人手的不足，加之人微言轻，不敢有奢望，看见人家天南海北四出约稿，只能望好稿兴叹。后来，随着杂志稍稍有了一点点影响，似乎有了些微约稿的资本，却又发现原来形成的惯性也有其好处。不与圈子太粘连，就不会涉及关于面子的问题。

只是不入圈子，势必难见那些炙手可热的大家登场。所幸经过几年积累，自由来稿渐渐多了，而我们的标准没有定得太高，最欢迎那些具有丰厚潜质而名声尚未达到巅峰的年轻人。

我想，保留几种游离于圈子的杂志，保留一些于评职称和升迁无益但却是严肃思考、认真操办的杂志，或许是维护学术生态环境的需要吧？

我绝对不敢说自己办的杂志就属于这种需要，但是我衷心祝愿它的存在不至于毫无意义。

徐南铁

原刊《光明日报》2005 年 5 月 26 日第 9 版

目录——

目录

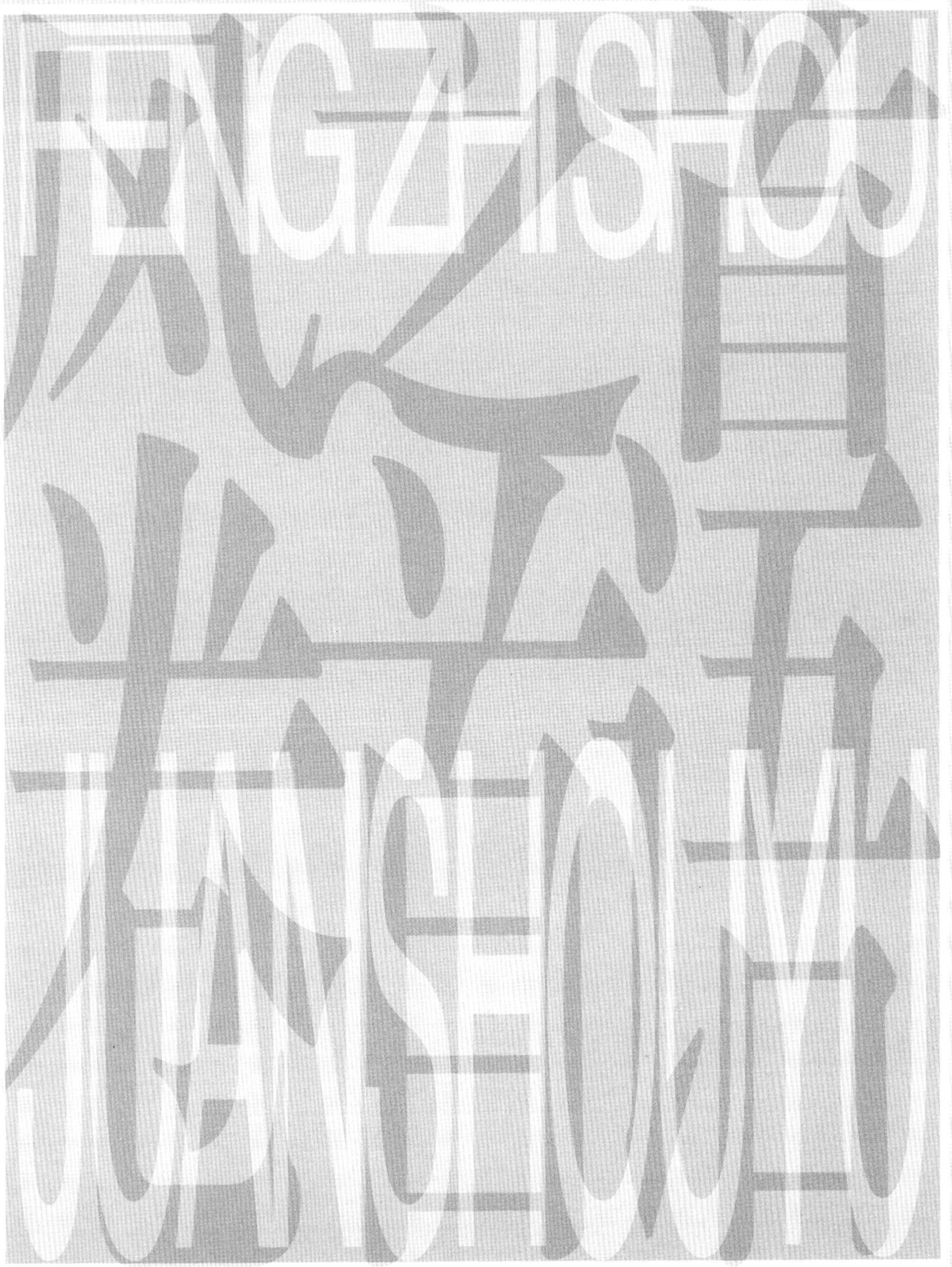
FENGZHISHOU
JUANSHOUYU

FengZHiSHou

粤海风

文 化 批 评 月 刊

1997

批评

图 / 文：刘一行

人类早已生活在充满批评的世界。为着不受批评的伤害，每个人都掌握了"向榜样看齐"的生存法则。

批评就是看到了不符合自己内心标准的事情之后发表按照自己内心标准制造的意见和建议。

批评的基本动机是"发表意见"，最高目标是"使不符合我认可的标准的事情转变为按照我认可的标准发生"。

批评的最终目的是要使世界统一在同一标准之下——否则就无需提出批评，只要我行我素一意孤行就行；但批评引起的实际效果却是世界在被逗起了"批评"兴趣的人们提出的各种标准引导下走向四分五裂。

批评是一场理性与理性之间的战争。人类决不肯不在理性的指引下发动战争。世界将会在最后一场由理性引起的战争结束之后归于它在没有批评产生之前就已经身处了亿万年的"大同"状态。

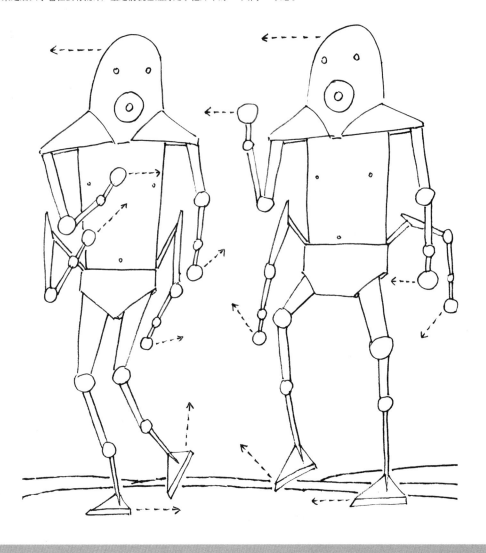

[我们从哪里出发？]

选自《粤海风》1997 年第 8 期

报刊是时代的晴雨表——这句话对于今天的我们来说，已不仅仅是指报刊的内容反映着时代的风云和彩霞、报刊本身社会坐标和生存概念的嬗变，也深刻地体现了时代推移所激起的波澜。

一方面，"要想让谁破产，就建议他去办报"这样一句话被更多人提及。一位网上人士则以香港报刊接二连三关门大吉为例，说报刊已到没落阶段，将被电子报刊所替代。另一方面，生活类娱乐类报刊的强大繁荣则反衬了另一类报刊精神的委顿，显示着市场对报刊的挤压。

于是，当我们决定重新抖开《粤海风》这面旗帜时，我们面临的题目是：我们从哪里出发？

《粤海风》曾走过盘旋起伏的种种不同路段，如今，她决定为文化批评做点事。这种选择或许有那么一点悲壮，但毕竟是反复掂量和深思熟虑之后的选择。

文化批评并非就是君临大众、愤世嫉俗；并非就要大叫大嚷、狂飙突进。我们追求的不是形式，我们只希望当代性、争鸣性、前瞻性和建设性成为《粤海风》的内涵。

也许我们对自己抱的希望过大，但我们确实决定了从这里出发……

关注

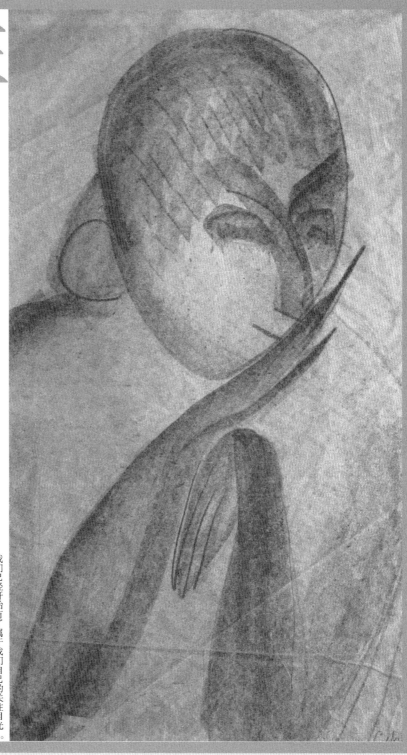

我们已经开始有了属于我们自己的关注目光。

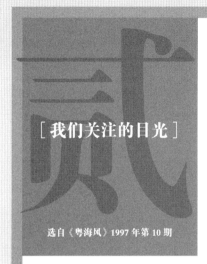

[我们关注的目光]

选自《粤海风》1997年第10期

金风又送来一个成熟的季节。

对于《粤海风》来说，却远远未到成熟的时候。

但是，我们已经开始有了属于我们自己的关注目光。

这里有一组关于知识分子的文章，立论虽有不同，寻找知识分子价值的心思却是相通的。在"文化脉动"这一栏目下，我们为读者呈献的是两篇有关"大众"的评述，这个话题想必点到了时下社会的穴位。我们在"天人合一"、人与自然关系的探究中，试图编织哲理的光彩去漫射人生和社会；在为电视晚会把脉时，又希望着将我们的文化艺术接驳起社会的热望。至于粤海的风景，这次专谈影视，却也寻到了两篇相辅相成的文章。

我们关注的目光本身，已经构成了我们的话语系统。

我们的文章能以组合式推出，就证明我们的关注目光已经有了回应。

但是我们深深明白，金色的秋天尚未到来，我们还得洒下许许多多的汗水。

因此我们企盼着那一本本卖出去和送出去的杂志同我们的稿约、我们的心愿一起，深化我们关注的目光……

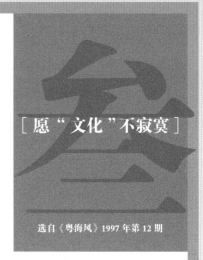

选自《粤海风》1997 年第 12 期

　　发完这一期稿，岁暮的感觉已经很深了。南方虽然不下雪，但冬天依然在用某种方式表达自己。

　　年末是结算的季节，对于我们的杂志来说，逝去的一年并不轻松。改版使我们有了一个新的起点，这个起点却是用许多甘苦之砖砌成的。

　　当经济建设在前进的过程中受到种种掣肘时，所有制方面的探索体现了一种新的胆略和理论勇气。这无疑是1997 年的亮点之一。显然，它在展示着一种新的文化精神。但是，社会的转型说穿了就是文化的转型，文化依然是我们的"终极关怀"。尽管"文化热"早已过去，"谈文化"的杂志也因种种原因日见其稀，这似乎体现着社会的更趋实际和翻新速度的日益加快。但种种失衡与平衡、种种怅望与展望、种种就范和失范依然交错于社会、交错于人们心中，有待我们解读和牵引。所以，自诩为守望者的文化人其实有许多实际的事可做。

　　1997 年的新版《粤海风》不免还有眼高手低之慨叹，新的一年里与读者见面时，自然会有一些调整变化和提高。

　　新年的祝愿是：愿"文化"不寂寞。

粤海风

文 化 批 评 杂 志

1998

YUE HAI FENG 1998

献祭

图/文：刘一行

要献祭就得把祭品洗刷干净。

知识不缺乏向社会献祭的热情，倒是社会要对祭品进行仔细的挑选，之后还要对每一件祭品进行彻底的清洗。

在向神奉献自己之前，我们洗干净了自己没有？

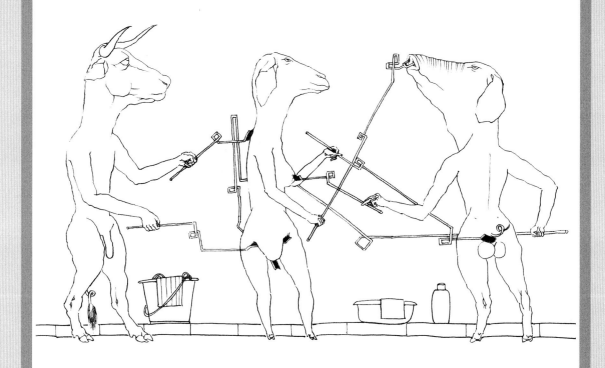

[百年回望……]

选自《粤海风》1998年第1-2期

春天到了，万象更新，我们的杂志也翻开了新的一页。

由于跨到了世纪之交的门槛边，我们不由时时回望过去的路。我们发现，一百年前的1898年是一个非常值得解读的年份。那一年办了十数种报刊，其中包括广州的《岭学报》、《岭海报》；那一年也办了许多新式学堂，废止了朝考，罢试诗赋，凡试不再用五言八韵诗。但是那一年也曾查禁各省报馆，严拿主笔；也曾恢复乡会试及岁科考旧制、停罢刚开不久的经济特科。这前后之迥然不同是以戊戌变法为分水岭的。当我们今天以相隔百年的眼光远望那一段烟云，我们依然能触摸得到那个时代知识分子强力跳动的心：为理想，为职责，为社会。我们更深切地感受到知识分子于社会于历史的意义，于是，我们新春的第一期再次以相当的篇幅谈起了知识分子……

也就是在1898年，严复翻译的《天演论》出版，那是知识向社会实实在在的献祭。面对先贤，我们该做些什么呢？

选自《粤海风》1998年第3-4期

　　这一阵的文化热点是《泰坦尼克号》，好莱坞之风又一次横扫中国。

　　广州人对进口大片的热情历来远低于京、沪，因为他们的心灵空间提早被 VCD 横扫过一遍。但是这次他们也如醉如痴了，是因为《泰坦尼克号》史无前例地与奥斯卡金像奖同步而到，还是因为推广者的策划水平随着商品经济的深入而更上一层楼？

　　同往常一样的是，当大众被这样一个文化热点吸引时，高雅的文化人透露出的是一份淡然。他们当然并不与大众唱反调，只是淡淡地说：这是老一套。或者说：从文化角度看并不怎么样。诚然，《泰坦尼克号》的电脑语言之运用何其娴熟，特技之参与何其壮观，但感官的享乐却似乎总与高雅之士无缘，因而雅俗总被某种心理定势分割。

　　近闻关于"五个一工程"的图书评选开始悄然引入"印数"这一因素，这也算是面对大众的思考吧？在广东省"五个一工程"影视得奖作品研讨会上，人们相信精品甚至"主旋律"作品都能与大众共鸣，广东许多成功的影视作品足以说明这一点。其实，庸庸碌碌的大众向历代的文化人提出了多少问题！或许正是这些问题搭起了通向更高层次文明的阶梯，就看我们怎样踏上去……

[遭遇足球]

选自《粤海风》1998年第5—6期

世界杯又来了。

足球真是非常霸道，引得无数商家为它献媚，让多少人家陷在它的磁力场中晨昏颠倒。中国队未能出线，中国的记者就只能挤在巴黎赛场的某个角落之中，而那些打入决赛圈的球员却将理直气壮地以胜负论奖金，以转会费显示身价。

外国的政要可以在最后的决赛时中止会议，去赛场风魔一阵，也可以在本国球队出赛时，乘飞机去热闹一把。这似乎与中国温柔敦厚的主流风格不尽相符。但人们不会忘记，邓小平第三次登上历史舞台的首次公开亮相，是在首都工人体育场，是在一场足球比赛的看台上。

足球似乎真的与精神世界有点关系？

我们反对在球运与国运之间划上等号，也不认为体育竞赛的胜负就意味着民族的兴衰。但足球精神确实是一个国家社会心理状态的写照。

坐在看台上作壁上观的人是否有更大的思考空间？这或许是'98世界杯对于中国的题中之义。

[不变的追求]

选自《粤海风》1998 年第 7—8 期

　　从上一个炎热的夏季到这一个炎热的夏季，我们的新版《粤海风》已经走过了一年的历程。

　　对于中国的杂志来说，这是不同寻常的一年，整顿、整治、整合，使杂志的竞争更为激烈。但就是在这种激烈的竞争中，《粤海风》走出了自己的路，开始形成影响，不断地有人参加到认同它的行列中来。

　　广东堪称期刊大省，林林总总的杂志百舸争流。在北京的大小报摊上，除了老牌明星《家庭》之外，广东的《新周刊》《希望》等又各擅风流。但是我们相信，社会还需要另外一种杂志，广东还应该作别一种贡献，因而，《粤海风》目不旁视，寻求着自己的风格。

　　在北京，在上海，甚至在广东，都有人对广东拥有这样一种面目的杂志表示惊讶。这种惊讶具有复杂的内容，却都成为一种鞭策。《粤海风》将不断地改善自己，但是，永远不变的是它的追求。

[热闹并非繁荣]

选自《粤海风》1998年第9-10期

金秋十月，西安举办第九届全国书市。和以往不同的是，期刊也登上了书市的舞台，五花八门的杂志着实凑了一份热闹。

书市是出版者的工作检验，是策划家的乐园，是发行人的盛大节日，也是喜欢签名售书的作家们扬名立万的又一机会。但是书市显然更属于商业而不是文化。书市上各种宣传活动声势浩大，奇招迭出。高音喇叭里播放着"文化大革命"期间耳熟能详的进行曲。宣传品铺天盖地。也有"买一送一"的叫声。许多人在人丛中钻来钻去，最后拎着好些个作为宣传品的马夹袋兴冲冲地回家，袋里空空如也，没有一本书。全国人均购书量已经十年停滞不前了。

书市偏偏不属于真正的读书人，因为与读书连在一起的是闲适、优雅、安静，而不是热闹。正因为如此。书店的进货往往自以为是，与读者的需求方枘圆凿。

在发达国家，出版业已经是利税大户，中国也在朝这方面努力。但是，要真正架起出版与读者之间的桥梁，我们还有很长的路要走。热闹也许并非繁荣。

[口碑与发行量]

选自《粤海风》1998年第11—12期

又是岁末，又是理所当然地想明年事情的时候。

对于报刊界来说，这个岁末未免显得有点平静。以往的岁末曾经有过扩版热、改版热、改纸热等一连串喧闹，如今却似乎给人一种想缓一口气的感觉。

但是该行进的依然在行进。在北京，李鹏说出了一个新名词：符合国情新闻法；在上海，《新闻报》宣称从明年起早、中、晚一日三刊；广东则公布了报刊治理的阶段性成果，并评出广东期刊五年历程中的优秀文章。在平静的表层下，报刊在积蓄，在躁动，在寻找新的突破，在设计新的风景。

报刊的努力万变不离其宗，它需要社会和经济双重效益。世界期刊联盟公布了期刊发行的排行榜，使发行量这一概念在岁末又紧了紧期刊的神经。发行量本来就是市场经济体系中的一项标准，当期刊说"读者是上帝"的时候，其实无可厚非。京、沪一些学人对《粤海风》不约而同地用了"口碑"一词。但是我们同样希望"口碑"化为"发行"数。正因为如此，全国不少大小书店里明年开始有《粤海风》的身影。

中国有那么多人，所以我们坚信：十步之内必有芳草，好期刊必定有知音。

粤海风

文 化 批 评 杂 志

YUEHAIFENG 1999/4月号

送别

有一天就好好过一天，太阳依然会在明天早晨升起。

[送别之年]

选自《粤海风》1999年第1—2期

1999年来了，尽管它有那么多个"久"（九），却依然是一个送别的年头，它要为20世纪送行。

不少人因为今年会有九大行星构成十字架的天象而不安，甚至相信地球之大限将到。但是，该怎么样的依然怎么样，银行的存款额并没有因为降息而减少，吃喝玩乐场所的相对萧条也并不因此而受到刺激。有一天就好好过一天，太阳依然会在明天早晨升起——这已经成为我们面对这个多变的世界的不变选择。

改革的呼声依然高涨。作为一个世纪临界点的年份，1999年不免要把一些已经被百年流光磨损的事物留在新世纪的大门外。社会需要更新，时代必须前进。也许只有多撇下一些沉重的附件，我们才有大步前行的希望。

有人正在争议20世纪究竟该从哪年算起。其实，年份只是一个符号，对于大众来说，所需要的只是伴随着时光脚步的更新，是一个真正的送别之年。

[低迷与高扬]

选自《粤海风》1999 年第 3—4 期

　　新版《粤海风》已经出过十期，有十次同读者握手或者擦肩而过的机会。

　　从去年年底到今年年初，期刊界的一个热门话题是纯文学刊物的窘境。也许文学期刊舰队的旗舰《人民文学》"断奶" 是一个具有象征意义的事件。但是春雨依然像往年一样下起来了，草地又泛起了新绿。社会总在不断地调节和整合人们的生活，那种调节和整合往往是无言的，也是不容置辩的。

　　许多纯文学期刊走出了小说、散文、诗歌、评论四大块的数十年一贯制阴影，敞开胸扉走入另一团空气中。也许，社会空间和社会资源都是一个常量，一个低迷必然伴随着一个高扬。纯文学期刊的低谷状态，成就了一种新的文化姿态，成就了一种新的办刊模式的探索。越来越多的纯文学期刊开始走出纯文学的狭小庭院，将触角伸向社会生活的各个领域，大文化的视野再一次成为新的张扬。

　　就是一年多以前，《粤海风》决定走文化批评之路时，相类刊物寥若晨星，今日，却越来越多期刊在这条路上集结。对于《粤海风》来说，于此情此景真个是感慨万千！

叁

[激情与理性]

选自《粤海风》1999年第5-6期

　　五月似乎有点特别。

　　"公车上书"是在五月；《狂人日记》发表于五月；深深影响本世纪中国人心路历程的一场青年运动也发生在五月。北京大学红楼广场在一个带血的五月被命名为"民主广场"。就连"新文化运动"的旗手陈独秀也是在五月悄悄地告别这个世界。

　　五月充满躁动，充满激情，有一种春风中苏醒之后的伸展欲望。五月的血如榴花一样火红。在中国，五月已成为青春和热情的象征。

　　但是，当我们回望百年之路的时候，也许我们更需要一种超越激情的理性。

　　激情永远是我们的起点，但理性应当是我们的归宿。

　　最近有医学专家说：五月是成长最快的时节。他说的当然是身体，但我们完全有理由认为这也包括了我们的心智。

　　五月应当是智慧成熟的时节，因为它有那么多值得咀嚼的往事。

我们正在迈进信息时代。传媒的兴旺成为这个时代的最重要特征之一。

还在三年前，英特尔公司的总裁葛鲁夫就喊出了"争夺眼球"的口号。他说的是网络，但是对于所有的媒体来说，这个口号都是真理。这个口号与美国学者米切尔的《注意力经济》相对应。按照米切尔的理论，新经济时代最重要的资源是注意力。社会的竞争已经成为影响力和注意力的竞争。

正因为传媒的重要地位，社会每前进一步都在向传媒提出新的问题。美国正在研制个人电视录像机，它可以同步快速进退、中断进行中的电视节目，因而使用者可以根据自己的喜好随意选录电视节目。无疑，人们首先会用它过滤广告，电视行业现有的经营模式将因此受到有力的挑战。这是技术革命给商业社会的运作所带来的巨大改变。

同时，广告也在向传统的媒体渗透。《大众消费广告》之类的定期印刷品正以杂志的面貌挤进千家万户，凭借它们的全彩印刷和免费赠送强力威胁着报刊广告，促使报刊调节生存方式。

以前我们将杂志的内容上网，现在人们将网上的文字录下来印成杂志。很难想像以后的杂志会变成什么样子，甚至消失也说不定。

但是我们相信，眼球的争夺是不变的，值得我们为之久久地努力。因此我们依然努力操持着这本杂志，并不惶惶于地球爆炸之类的话题。

[超越秋风]

选自《粤海风》1999年第9-10期

秋天到了，天清气爽。我们的心也开阔起来，寻找新的舒展。修葺一新的天安门广场和东西长安街正准备迎接盛大的国庆活动，又一种新感受即将写在人们心间。

也是秋天，毛泽东第一次在这里接见红卫兵，掀起过无边的红浪。同样是在秋风中，"江青反革命集团"从历史舞台上轰然倒下，北京人在这里载歌载舞，欢呼丽日蓝天。历史还记住了那一年，又是一度秋光好，游行的人群从天安门走过，突然亮出"小平您好"的横幅，把对时代的万千感受汇聚成一句话。这是一句再简单不过的话，却将民心展示在十里长街。

天安门广场是一座巨大的舞台，上演过各式各样的历史剧目，有正剧也有闹剧；它又是一本生活的大书，每一块砖每一片石都经受过种种思潮的冲刷，浸润着草民百姓的悲欢，储存了时代进程的烙印。因而，那宽阔的广场给了我们一个广袤的思想空间。站在广场极目四望，我们欢腾，我们讴歌，但是我们忘不了为过去反省，为未来思考——为什么我们眼里常含忧郁，因为我们对这土地爱得深沉。

当秋风和着礼炮声浩浩荡荡滚过，我们的眼光应当穿越广场，横跨两个世纪。

[追求历史总和]

选自《粤海风》1999年第 11-12 期

又举办了一届全国书市，在长沙。是中秋时候，本该是团圆吃月饼的，但是编书的、卖书的却蜂拥而至，手机的信号把天空都塞满了。商品经济社会，买卖为第一要义，谁还管得了吃不吃月饼！

亮相书市的杂志种类何其多，令我们这些"业内"人也吃了一惊。只是流行杂志依然唱主角。当地的《书屋》品味不错，却不免摊头冷落。看来中国的期刊市场或者说中国人的阅读习惯都还不利于形成某类品味杂志的温床。在那些发行商的视野之外，我们有一分失落，几分悲壮，却又悄然夹杂着一丝特立独行的自得之情。

有发行商好心相劝：你们有些文章的标题，应当像流行杂志一样在封面上写得大大的——我们确实渴望关注，可是我们怎么能不属于自己呢？

生为期刊，命中注定了要亮出脊背让"发行量"的鞭子抽打，但是我们追求的不是一个短暂的片段，我们需要的是历史的总和。

全 国 首 家 文 化 批 评 杂 志

粤海风

YUEHAIFENG MAGAZINE

当前中国城市审美风尚的流变（蒋述卓 张康庄）

对广州的最满意和最不满意（林树森）

信用的失落：中国经济大隐患（周其仁）

高雅的赝品：所谓中产阶级趣味（潘知常）

不平等的高考录取分数线（孙利平）

2000

5-6

2000

今晨 太阳依旧

图／文：刘一行

我们的每一天——用时间进行分割是人类的自我暗示，人类需要这样一把刻度尺来标志自己行为的方向和量度。

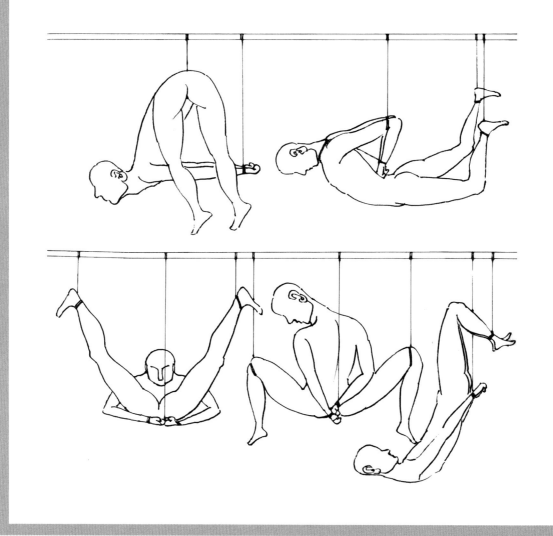

[今晨太阳依旧]

选自《粤海风》2000年第1-2期

谈话间就到了21世纪。为了迎候新世纪的太阳，许多记者扛着摄像机奔向天边，去延伸人们的视线。南太平洋上的基里巴斯和新西兰甚至为首迎新世纪第一缕阳光的名分发生了争执。其实，太阳仍然是那个太阳；我们所看到的阳光仍然于8分钟前漫射自那个不可思议的巨大星球。世纪的分界只不过是人类自身的设置。与刚刚过去的1999年相比，今晨太阳依旧。

历史的进程并不以百年为单元，有时它高歌猛进；有时却低咏徘徊。但是商品经济无孔不入，每一个节日都是商家狂欢的机会；政治家则在所有的节日和纪念日忙乎播种或收割；而老百姓的生活如果没有节庆，尤显得苍白贫乏。所以，大家都喜欢赋予平常的日子以不平常的内涵。

有资料说，许多男人在生日前死去，因为他们检视和反省自己，会生出时不我待的心理压力。但是社会在回顾来路时却往往只喜欢列已成之事，不爱说未竟之业。

我们相信：只有盯着遗憾和缺失，只有燃烧起强烈的革新愿望，太阳才可能每天都是新的。

[率先的春天]

选自《粤海风》2000年第3—4期

　　春节一过，春意就开始渐渐地填满了天地之间。岭南春早，街边已经有性急的木棉花在枝头张扬春色了。似乎与这万木争荣的早春相感应，广东又有了一个新的关注点，一个新的流行词，那就是"率先"。

　　率先基本实现现代化的历史号召摆在了广东人的面前，这很容易让人想起"先行一步"这个提法。在上个世纪的最后20年里，广东就是凭先行一步而创造了南中国的经济神话。但是"先行一步"充满悲壮色彩。与之相配套的还有邓小平的一句话，叫做"杀出一条血路来"。而今日说"率先"似乎波澜不惊。

　　经过一浪又一浪的思想解放运动，现代化早已成为全中国通行的心灵护照，发展经济更是所有人的共识。只是，现代化并不仅仅体现于国内生产总值，它有远比这更为丰富的内涵。而且现代化有先决条件，它首先是人的现代化。也许，现代化比杀出一条血路更不容易。当年先行一步时，岭南一隅曾被人嘲为"文化沙漠"，如今要"率先"一把，它的脚步是否会更加稳健成熟?

　　我们关心着，并愿意为之努力。

[读懂放假]

选自《粤海风》2000年第5-6期

五一国际劳动节放了前所未有的七天假，中国人真正尝试了一把旅游热，据说很多地方的人流大大超过了春运期间。一条条旅游热线狠狠地拉动了内需，刺激了消费。

老百姓遍地奔跑、随处掏钱的自觉行为完全符合党和政府当下的方针政策。接下来，国庆节也将把七天划拨给个人，一个新的休闲浪潮又将在新的假日里飞舞。从实行双休日制开始，到"假日集纳"的形成，中国人终于在某种程度上开始读懂了放假的意义。就在上个世纪的六七十年代，人民公社还总是要求农民大年初一也去出工，说是过革命化的春节。于是一年365天，大田里天天散落着出工不出力的人。对城里的人来说，纪律就更严了，请一次假不是小事情，常常要动点脑筋，耍点滑头，找点借口。那时候，只有大家走到一起来消磨，才是消除了"小我"的社会主义。

今天看来，放假的意义并不囿于经济。它不仅仅附丽于消费，也不仅仅是对低效率劳动的反拨。放假更是释放自我，释放人性，是张扬必要的个人空间。人们需要放假来调节灵和肉。怎样放假，实际上区分了两种为政之道，区分了两个时代。若干年后，说不定我们也会有除了物质奖励和精神奖励之外的第三种奖励——休假。我想，顺从和发挥人的天性应当是我们决定许许多多重大事情的最深层依据。

有很多人说李昌镐的棋不好看；也有很多人说意大利的足球不好看。这当然都是从艺术而不是从体育的角度说的。李昌镐本人和意大利的球员肯定不作如是观，他们走进赛场不是为了取悦观众，而是要在搏击之中升华自己的生命。

取胜是比赛的第一要义，光凭好看不足以成为超一流。中国武术的对攻好看，但是观众一旦知道那些套路是设计好的，早就排练得丝丝入扣，失去了那种不可重复的变数和应变，其"好看"就减了许多成色。好看和不好看与生命息息相关，随命运的起落转换。巴西足球公认好看，但是赢不了球时，给人留下的遗憾和叹息要大于观赏的喜悦。在刚刚结束的欧洲足球锦标赛上，意大利对荷兰的一场半决赛惊心动魄。意大利队以十对十一人，且黄牌累累，裁判又给了对方两个点球。意大利队球风依然，老一套的防守反击，此刻在许多人眼里却变得好看起来。因为它成了弱势力坚忍不拔精神的体现。

当然，体育比赛饱含艺术成分，要求好看而排斥实用的心理原也无可厚非。但是社会生活里的图"好看"心理却不同了，轰轰烈烈、装模作样、拿腔捏调、表面文章，终是百无一用，甚至适得其反。这种"好看"经常上演，于我何益？即如我们办杂志，将那"好看"看得过重，恐怕也要失去生命的根基。

"好看"和"不好看"是生活的两个侧面，各有不同历史使命和命运，就看我们自己选择什么角色而已。太肤浅的"好看"没有意思，我们需要的是实实在在的生命体现……

[尴尬并不愧于时代]

选自《粤海风》2000年第9—10期

岁月在不经意中流逝。猛然回首，新版《粤海风》已经走过三年的路。前不久，偶遇北大一位著名的文学博士。他说：《粤海风》越办越好。他又说：一开始是不算很好的。很感谢这样的评价，因为似乎较少客套味。

我们间或在杂志上登一些读者来信，大多是好话。有人因而认为我们只爱听好话，其实并非如此。批评我们的人也不少，但他们的信大多没有寄往杂志社，所以无法刊登。我们倒是很愿意从批评中汲取养分的。刊登好话毕竟属于无奈，只不过为自己壮壮胆，也为关心我们的读者打打气。无庸讳言，我们的步履有几分沉重：既没有学术界老牌领衔期刊所倚之重视，又不愿步步流行杂志之后在社会阅读的眼波里曲意浮沉。编辑部人手之少，几近当年邹韬奋办《生活》。相对于京城一带所谓几大名刊的标榜和归纳，《粤海风》偏偏又多了些属于南中国的默然。

常有说客造访，以必定赚钱之允诺，劝《粤海风》旗帜另张。但是我们知道自己面对历史，我们的价值计算总不至于那么简单。

也许我们是尴尬的。但是这种尴尬并不愧于这个时代，更不愧于未来。一千多个日日夜夜没有风化我们的基石。但愿三年之后仍有智者说：《粤海风》越办越好，三年前是不算很好的……

选自《粤海风》2000年第11-12期

又听到了新年的脚步声，又有人在说明年是新世纪的开端。去年年底也是这样说的，还斥巨资建了个中华世纪坛。但是用最简单的算术方法算一算，似乎也应当逢一才是周而复始。

去年我曾就此困惑请教过一位主管宣传庆祝活动的官员：如果庆祝一番之后又说新世纪还没到，怎么办？他笑了，说：那就再折腾一次呗，多忙乎一次有什么不好？我深以为他的看法很智慧。

如今新的一年眨眼要到了，我不知道还有没有人又一次扛着摄像枪往东跑，去抢新世纪第一缕阳光；还有没有报纸再印100版、200版去念旧迎新。所有策划的灵感都耗尽了，才隔那么300来天，又干类似事情，一定很乏味。商品社会总是急不可待，总要抢先机，你不跟着走也不行。其实，将错就错也是社会的乐趣，比如将1990年当做90年代的开始，见"9"起算，虽然是民间话语，不也很有意思吗？

要知道年号和纪元本来就是人为的。如果说再来一次新千年立志，或许还有点价值，否则，连千年虫都来过了，你还折腾个啥？

ISSN 1006-7183

9 771006 718008

0 5>

粤海风

全 国 首 家 文 化 批 评 杂 志

http://www.yuehaifeng.com.cn

2001年第5期 双月刊 新编26期 标准刊号：ISSN 1006-7183 CN44-1332/1 定价：8元

非职业化：文学艺术的重新选择？

神话的革命与革命的神话

2001年全国高考语文卷批判

请文言文退出基础教育

姚文元与文学激进主义思潮

谁害怕关在壁柜里的人

为自己升旗

图/文：刘一行

一面旗帜的上升也带动了一片头颅的升起——人类总有办法令自己摆出一副自信满满的架势。

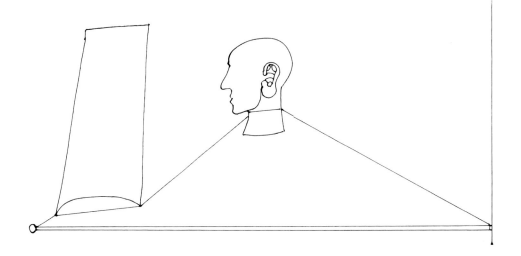

［新世纪宣言］

选自《粤海风》2001年第1期

尽管世纪的划分只不过是人类自设的计量符号，但是当我们迈过两个世纪之间的门槛时，依然没有理由不瞻前顾后一番，没有理由不为自己升旗。

新版《粤海风》在上个世纪的夕阳中来到这个庞杂而拥挤的世纪，头戴荆冠，足踏芒鞋，为社会前行的纷繁脚步而叹、而泣、而歌。一千多个日日夜夜流水般带走了我们的劳碌，却没有荡平我们的初衷，没有卷去我们为新时代新文化的赤诚。在社会转型期的颠簸之中，我们激情依旧。我们将坚持文化的视野，不让目光盘桓于传统人文学科的领地。隐含于时代广袤土地中的文化精神是我们的兴趣所在。我们将坚持启蒙的立场，不把脚步纳入经院派的队列。我们崇尚学理，但认为没有责任感的学者是有缺陷的学者。我们将坚持现代的精神，不沉溺于熟稔而陈旧的文明样式。新的趋势和新的领域是我们永远的追求。

我们的眼光无法穿透百年的云烟，我们的脚步不足以丈量百年的风景，但是我们的心灵可以跨越时空，我们的追求将无限延伸。因此我们的希望包容整个世纪……

[知识要它何用？]

选自《粤海风》2001年第2期

前不久，一个青年博士寄给《粤海风》一篇臧否时事的文章，后来打电话来，要求发表时不用真名，因为有同事认为写这类文章是不务正业。记得去岁末曾分别同几家报纸的理论部主任、文艺部主任坐在一起开会，听他们感慨说，一般的大学老师都不愿意给报纸写文章，因为不算科研成果的分数，对于提高职称没有帮助。由此看来，这位博士所遇已经是时下风气。

对知识分子深有研究的科塞早就指出："学术晋升的要求和知识进步最理想的条件并非必然一致。" 这种窘境迫使许多人放弃了知识的责任，也失落了生命的灵气。从社会发展的角度看，当今时代知识分子最需要的就是传媒，但是社会机制却又使许多人甘愿狭窄，将最终的目光锁定在职称及与之相连的物质条件上，为知识分子的命运多刷了一层悲剧色彩。

这种指归并不囿于学院知识分子，等而下之者比比皆是。如今不少 "文化人" 把自己的职业当成纯粹的饭碗，其价值目标等同于最原始的体力劳作。如果这样，知识分子的 "知识" 两字要它何用？

[编者之惑]

选自《粤海风》2001年第3期

本期正待付印，却见其中一篇稿子于京城一家有影响的读书类报纸露脸。记得《文学自由谈》曾宣称：只要不是同一地区的报刊，不反对一稿多投。我以为这是一种气魄，一种大度，也是一种勇气。毕竟，凭"两报一刊"足以打扫每个角落的事情早已不再，阅读市场的分割势不可挡。一稿两投或多投是声音的放大，对于好文章来说，善莫大焉。不过，轮到自家刊物发表于人后，心中总有拾人牙慧之厌。这次尤令人为难的是，北京见报之文章与我们即将发出的稿子居然有关键词的不同。犹豫再三，还是手忙脚乱地撤了下去。这对作者来说，究竟是喜剧还是悲剧？

中国的报刊也分三六九等，至今管理部门仍有"小报小刊"一说。为文者常为"成果积累"所累，图居高声远，宁削足适履，心直奔"大牌"而去，只将"小报小刊"聊备一格。文章事亦不离人之常情，奈何？

只是报刊实为编者与作者共植之树，两厢同气相求，其树方才茂然森然。今日之为文者似乎尚缺传媒意识，不明美文可兴报刊之理。其实，时有报刊新锐领一段风骚，则世有新气象矣！

台风

须以异常的闷热来换取异常的清凉，这或许就是人类的宿命？

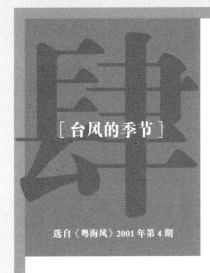

肆

[台风的季节]

选自《粤海风》2001 年第 4 期

夏天到了，又是台风高唱的季节。去年开始，登陆的台风——有了中文名字，比如前两天掠过的叫"榴莲"，接踵而来的叫"尤特"。

对于并不直面海洋的广州来说，不论台风叫什么名字，它戏弄人的方式是一样的——先布置一场闷热，就像黎明前的沉沉黑暗；再遣急风骤雨袭来，于惊心动魄中还赠你一段清凉。须以异常的闷热来换取异常的清凉，这或许就是人类的宿命？

人类一直渴望九天揽月，征服宇宙。22 年前的 7 月，美国的宇宙飞船"阿波罗 11 号"登上月球，为人类的征服欲望建立了新的里程碑。但是人类依旧茫然面对浩淼太空，更有甚者，它远远没有征服存在于社会存在于自己内心深处的愚昧、迷信和野蛮。我们眼前陈列着数千年的兴废，但是我们似乎没有完全读懂，路漫漫其修远，历史屡屡重复。

这期稿子在凉热的反复切换中编就。毛泽东的理想是环球同此凉热，不过，为了清凉世界，捱一份暑热想必也是应该的。

坍塌

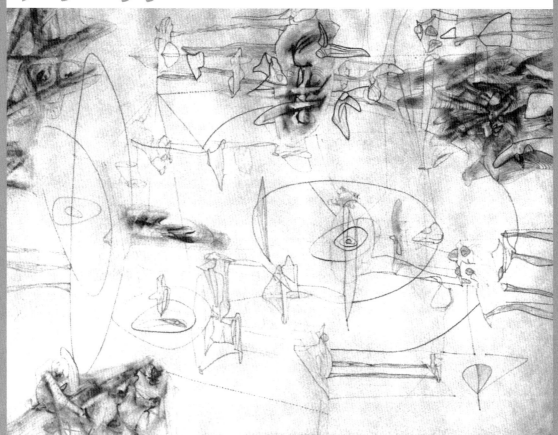

文明再一次轰然坍塌，哭泣、愤怒、沮丧、悲伤全然无力。

[敬重生命]

选自《粤海风》2001年第5期

本期稿子正要付印，大洋彼岸传来巨响。当载着乘客的飞机充当炸弹，击中纽约那对鹤立鸡群的400米摩天大楼，文明再一次轰然坍塌，哭泣、愤怒、沮丧、悲伤全然无力，眼睁睁看着人类的沦陷。世界极度震惊，但是我们不知道震惊之后的世界将变得怎样。珍珠港事件之后的美日大战，以原子弹的爆炸结束，今日五角大楼的被炸将以什么形式收场？发生在21世纪元年的这一巨大事件，将把我们带向何方？

政治的格局扑朔迷离，政治的发展充满变数。但是令人深深痛惜的是数千无辜百姓的生命和更多更多被伤害的心。重创美国也许对某些人来说是一个政治的胜利，或者是某种心理的满足。美国政府正面临反思。但是无视生命却是一种道义上的失败。

凡是以政治的名义、以历史的名义无视生命的行为都应当受到诅咒，当然也包括那些看上去并不血腥而实际上同样在残害生命残害人性的行为。也许我们无力更改甚至可以容忍社会的种种，但我们应当永远敬重生命。

选自《粤海风》2001年第6期

　　那天编完这期稿子，天已经黑了。下班高峰的热闹还没有散尽。汽车缓缓滑过街灯的河，却在一个平时不堵车的路段被堵住了，深深陷入纠结不清的漩涡。好不容易蹭过那一段，才发现堵车的原因：两个民工正在油漆公路中间的隔离栏杆。他们随意地在路上摆了几个红白相间的筒状禁行标志，就划出了偌大的一块势力范围，路却因此窄了近半。夜幕中一辆辆车挣扎着挤往这个瓶颈，大有"众水会涪万，瞿塘争一门"之势。车灯打在那块保护区内，照亮了两个民工赤裸的上身。广州的秋风还留有夏的余温，给人一种舒展的惬意，只见他们气定神闲地进行着自己的劳作，旁若无车。司机们尽管或叹息或咒骂，至此也只有如释重负般匆匆离去。我知道那俩民工以及派他们活的人都是为了我们交通事业的发展，所以他们在夜色中的身影英武高大。但是路却在他们手里堵塞了。

　　我记得少年时代观赏的反映革命历史的文艺作品，里面常常有"以革命的名义"这样一句庄严的口号，后来却发现，异化总是藏在神圣的躯壳中行走。历史通道的堵塞也许同样是这种情形。所以我们唯愿社会大舞台上少几个这样的民工。

粤海风 2002

选自《粤海风》2002 年第 1 期

[走向规则]

新的一年在暖冬中来临。中国人开门遇到的第一件事，是发现汽车真的开始降价了。WTO 在行动，一个巨大的未知世界就在新年的门槛上候着我们。100 年前，西方列强居然坐在一起议定中国关税的税率和税则，用霸权记录了我们的历史耻辱。今天，是我们自己意识到敞开大门迎接挑战的时代魅力。WTO 和互联网一起，催促我们一步步走上了开放的不归路。当我们将国际规则 COPY 到我们的记事本上，我们就已经进入了讲求规则的时代。如今我们正开始为建立规则、纯洁规则、遵守规则而努力：有些贪官跌落马下；学术腐败的金灿灿伪装渐渐斑驳陆离；足球的"黑色哨声"激起了社会的"嘘"声一片。说到足球，今年有世界杯决赛，是球迷四年一度的幸事。中国队首次冲出亚洲引来阵阵欢呼，但是人们对于决赛圈中的作为似乎缺少热情，大约一心准备陪太子读书的了。如果加入 WTO 也是这种心态，我们的未来将收获什么？当然，那是属于另一种规则的事了，它不是写在纸上，是写在文化上，写在灵魂里。

[腐败之所以腐败]

选自《粤海风》2002 年第 2 期

最近以来，抨击学术腐败忽然成为时髦，据说也杂有一些其他因素在起作用，具体如何不得而知。我们也收到了一些这类来稿，看看以表示义愤者为多，没有很多新东西，就终于没有凑这份热闹。我想，要是媒体只是对受众不断进行一些无谓的重复，也就同样成腐败了吧？其实，只抓住"抄袭"不放未免有点小题大做。中国自古就有"天下文章一大抄"的说法，有"文抄公"的称谓。后来还有"剪刀加浆糊"的状写。这些事情如果用一句"文人无行"就打发了，实在太流于简单。既然是谈学术的腐败，我们不妨有点学术的样子，寻一寻问题的根底，问一问腐败之所以腐败的原因。它与我们的评估方式、职称制度、晋级条件以及因这些而形成的社会心态等等是否有某种潜在的联系？学术腐败并不止于抄袭，有些事情要是一腐败起来其影响大大超过抄袭。值得点击的问题比如：科研项目落谁家？硕士点博士点怎么申请怎么分配？大奖如何评得？门派壁垒森严到何时？"核心期刊"的名单是怎么列出来的？有权力就有腐败的可能，学术杂志竟然也有了充当"学阀"而享受香火缭绕供奉的机缘，实在令人叹为观止。这于学术是地位的提高还是滑落？今日的学术众生其实也蛮可怜的，日为三五篇什折腰，谁敢承述而不作之古风？当然，这里面有些事严格说已经不属于学术范畴，只能算与学术有关的腐败罢了。

解读

图/文：刘一行

对自然物进行解读，使它能够引起某种情绪——这就是文化。文化的作用就是在自然物与人类的情感之间建立起联系。

例如：花——恶之花；石——望夫石；日——末日。

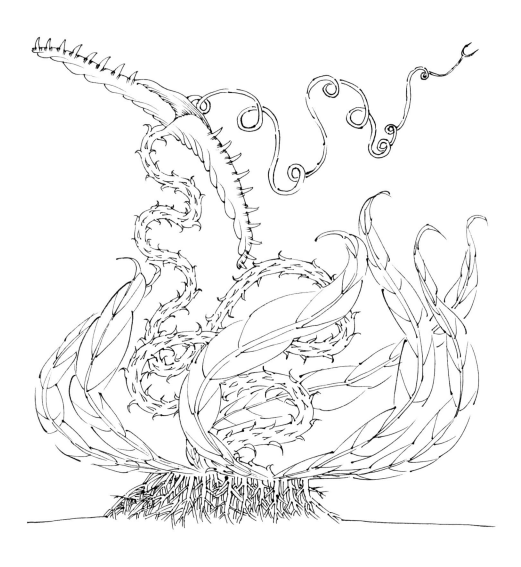

[五月的解读]

选自《粤海风》2002年第3期

五月在中国人这里很有点特别意义，有劳动节、青年节，对于文化界人士来说，又有毛泽东在延安文艺座谈会上的讲话。还有"五卅"，也是我们保留的纪念日。我们还有过天天挂在嘴上的"五七道路"，有过影响达十年之久的"五一六通知"。所以五月被冠以"红色"毫不为过。自从实行长假，五月又有了无名但是有实的旅游节、休闲节。在关于劳动的节日里放一个长长的假，应当别有一番意义，至于它对社会的功过另当别论。我们的"五一"曾经只属于铁锤和镰刀，为了在理论上肯定知识分子的作用，我们甚至想方设法把知识分子划进了工人阶级队伍。时代的印记总是在渐渐淡化，当年不少年轻人选择"五一"作为结婚的日子，今天许多人结婚却重新埋首黄历寻找吉日。研究一下"劳动"这个词的词义伸缩，想必可以感受社会的变迁。关于"五四"的意义，记得读中学的时候说是知识分子要与工农相结合，后来才知道当时有"德先生"和"赛先生"像幽灵一样在中国大地徘徊。至于延安文艺座谈会，我们现在也知道了它不是单纯的文艺事件，而是与延安整风同构成为一体。尽管昔日的记忆已经破碎，但是五月依然负载着政治的、经济的和文化的意义，只不过需要作些新的解读而已。这令人不得不想到解读的本身——我们还有多少历史或现实的话题仍被有意无意地误读？在明亮的五月阳光下，我们需要解读自己。

肆

[八股文的悲哀]

选自《粤海风》2002年第4期

　　自从隋唐开科取士，八股文的思维渐渐统治了中国人的头脑。废除科举之后，这种思维并没有隐退，上百年间一度流行的假、大、空文风与此颇有渊源。文人胡说倒也罢了，在某些重要场合如此这般就要令人担忧了。最近发生的几起矿难引人注目。事件中最令人发指的，莫过于黑心矿主和工头竟然毁尸灭迹。这种草菅数十条人命的事天人共愤，但当时却以"普通事故"为名蒙蔽了不少人。当地有关领导赶到现场作了指示：事故抢救要措施得力；调查了解要深入细致；关停整顿要坚决果断等等。这些指示不可谓不正确，不可谓不周全，甚至不可谓没有水平，但是完全流于过场。作指示的人作完指示就离去了，全然没想到他面临的是一次重特大事故。于是乎那一番空洞的指示就变成了一种套话，变成了一种政治八股文，最终变成了一种嘲弄。

　　有的话怎么听都是对的，但是怎么品都品不出实际意义。可惜这类话我们还不时听到。也许，八股文的寿终正寝尚有时日？

选自《粤海风》2002 年第 5 期

[解读的心思]

就在秋风渐起的时候，霍金来过了。在此之前他的《果壳中的宇宙》已经 "热卖"。但是我们绝大多数人并不理解这位伟大的物理学家，并不理解他的理论和思想。于是在好些人那里，霍金的意义成了 "身残志坚"。大约也是在这个时间段，以博弈论大师纳什为原型的电影《美丽的心灵》受到人们的关注。对于 20 世纪中期才发展起来的博弈论，真正的明白者当然也不会有多少。于是人们转而关心纳什的情感和心灵。纳什与霍金一样，也曾与绝症牵手，只不过纳什是胜者而霍金不是罢了。

浅者勺于江，深者勺于海。尽管我们许多人不懂霍金和纳什的真正意义，但是关注坚强的意志和美丽的心灵总是让人愉快的，这种解读实在无法苛求。有的解读却让人遗憾，比如有人称找到了爱因斯坦性情乖张的证据。

就在霍金从我们这里离去不久，美国人开始纪念 "9·11" 一周年。对于这场大劫难，有年轻人抱着看客的心情叫好。综观历史， "圣战" 之类从来都是有一定社会心理作基础的，解读的结果不知是否能告诉我们点什么？

[面对自然]

选自《粤海风》2002 年第 6 期

　　从本质上看，人类总是渴望征服自然，永远是在向自然索取。从混沌初开时对自然的敬畏起，随着人类逐渐成长的一直是征服自然的勃勃雄心。曾几何时，"天人合一"学说的产生标志着古代中国人告别了对自然的单一敬畏之心，"可持续发展"则已经是人类生产力大大提高的时代对自然的体恤——它只是前进中的短暂驻足，人类征服自然、突破必然王国的脚步依然匆匆。前不久，花亿元建造号称世界奇观的张家界观光电梯引起国人关注。它不仅是商业的胜利，也是人类面对自然而渴望"会当凌绝顶"的理想体现。虽然它在种种抨击下暂停运行，但是它的巨大投入和它所张扬的人类心理优势将决定它的未来走向。最近实施的万里长江又一次截流，被媒体称之为"锁巨龙"。母亲河俯首帖耳，进入人类编造的程序。作为人类征服自然的一大壮举，三峡工程因其"世界最大"，必将是人类与自然的一次长久较量，也许会有数不清的回合。但是人类壮心不已！人类与自然的关系将伴随世界始终，"绿色"之类的组织有些行动或许不免偏颇，但是，面对其强大依然过于人类的自然，我们需要如履薄冰。

旧语

既然刊微言轻，就不得不自守孤城。这只是无奈之举罢了，好在世界至大，知音不稀。

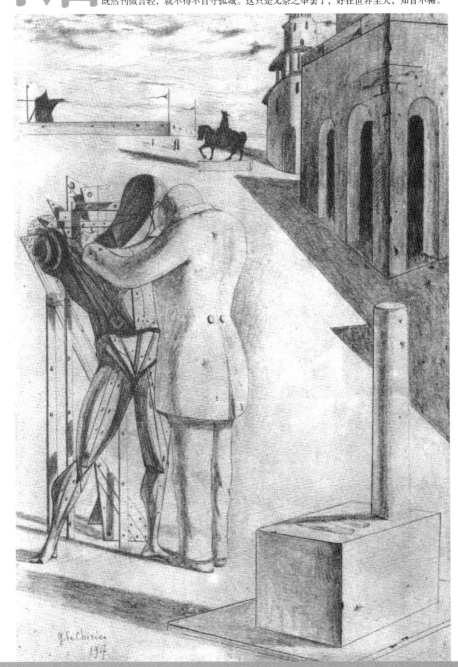

[新年旧语]

选自《粤海风》2003年第1期

新年是更替的日月；旧语为延续的心声。

《粤海风》，非核心期刊，也没有进入某种队列，没有结成某种同盟。五年多里，它只是默然依自己的编辑理念行事，所以头上没有任何光环。但是正因为如此，愿意来到本刊说话的，大多没有附加很强烈的"为稻粱"之类的现实期待，而且也正因为如此，我们在遴选稿件的时候，就少了圈内一分莫名的顾忌。

本刊少有一般意义上的约稿。发现某位人士值得引以为友，我们就寄上一本杂志，希望建立某种形式的沟通。君子之交淡如水，我们甚至没有随杂志奉上片言只字，求的是一个"缘"字。所以我们对那些赐稿的朋友和那些虽未赐稿但对我们予以关注的朋友怀有特别的感恩之心。本刊并不排斥或缺少现代传媒的策划意识和开放意识，所缺的是人手和资金而已。既然刊微言轻，就不得不自守孤城。这只是无奈之举罢了，好在世界至大，知音不稀。

在很长一段时间内，本刊的主编者与图文编辑只是同一个人，这无疑严重阻滞了编辑理念的阐述和延伸，对稿件的处理回复也不免迟缓不周。所幸五度春秋终于有了回应，这本杂志不但没有易帜，没有沉沦，而且正集合自己的队伍，并能够在增加页码的同时降低售价。我们的旗帜已渐渐扬起。

诚然，在媒体的大千世界，《粤海风》仍是不甚起眼的小角色，但是它从艰难中获得了坚守之乐。今年开年特别冷，我们却一如既往地相信朔风之后的东风。

在中间地带**行走**

图 / 文：刘一行

中间路线总在墙头，任何墙也总有尽头。

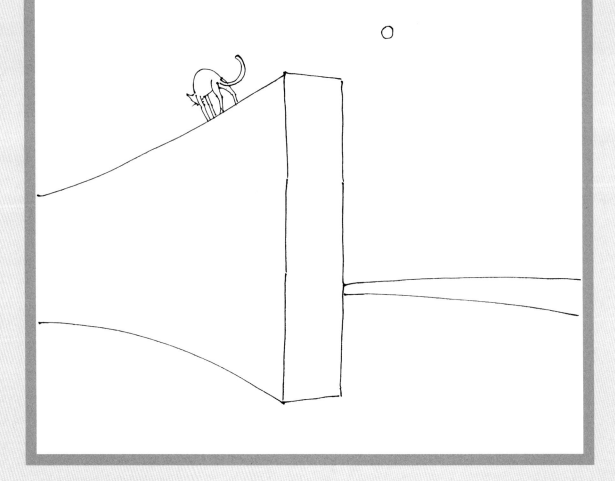

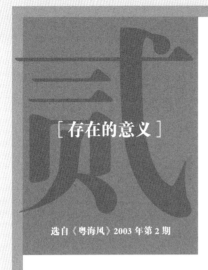

［存在的意义］

选自《粤海风》2003 年第 2 期

《粤海风》一直试图在学术期刊和大众阅读的中间地带行走，希望以它的轨迹建构学人与大众的某种沟通。在选择文化批评作为改版旗帜的时候，《粤海风》就定下了自己的守则：新潮而不晦涩；高雅而不矫情。贴近现实却不媚俗；追求深度终不作茧自缚。

比之那些令人肃然起敬的宏论，《粤海风》的文章似乎偏于平实清浅，关注的层面在一些人看来也有欠高深，版面的风格更显得沾了些殿堂之外的习气。它的话题常常逸出学问的圈子，而它的作者队伍里则不时会出现一两个学问家们生疏的名字，因为他们本来就是圈子以外的人，说起话来就不那么中规中矩。但是《粤海风》终究以自己的内涵自己的方式区别于时下流行的阅读，同时也在渐有兴起迹象的思想文化类刊物阵营中建立了属于自己的色彩编码。

与这种中间地带的价值选择相适应，《粤海风》最钟情的作者往往不是鸿儒耆宿，更不是亮相于聚光灯下的暴得大名者，它寻求的是才智之潜力尚未来得及尽情挥洒的一群。杂志的意义不但在于它弄出了一些声响，也因为它是一块托举脚步的阶石。

我们非常希望打破学科的界限，期盼那种漫溢激情的纵横。《粤海风》看去有点散淡，有点漫不经心，但是它有一把内在的且一以贯之的尺子。

经常有人问：我有一篇写某某话题的文章你们要不要？

我们的回答总不免带着些许暧昧：对于我们来说，没有题材的限制，问题是你怎么写，说了些什么……

我们总是以为，任何事物的深处，都藏着文化的印记，藏着《粤海风》的存在意义。

选自《粤海风》2003 年第 3 期

[不做多余]

　　《粤海风》的面目，似有忝列泛学术类期刊之嫌，因为它常喜欢关注学术事。

　　近日收到学术界一位德高望重的前辈来信。信中说：对于目前学术之堕落，愤恨悲怆，实有难以言说者。评博士点、评一级学科、评"中心"等等，贿赂公行，剽窃成风，浮躁喧哗，深陷泥潭而未见稍为收敛之意。这位前辈痛心疾首，认为中国的学术将走向万劫不复之境地。

　　知识分子自诩为安身立命的学术是否真到了如此地步且不去辨析。我们所知道的是：近几年来，反学术腐败的话倒是大声说了不少，一副秣马厉兵的样子，却只不过抓了几个抄袭者祭旗，并没有真正上第一线去。抄袭者不过是一群低级腐败而已，对之一顿拳脚似乎算不上完成了"打假"，更谈不上已经对得起"学术"这个名号了。难怪我们的学术前辈心怀愤懑。

　　老先生在信末感慨："当此之时，刊发再多之言论，均为多余。评这评那之指挥棒在，学术即无洁净之地。"这段话听来让人汗颜。《粤海风》亦为刊发言论之所在，一路走来，不知步履是否属多余？鲁迅曾说大炮响起文章就没有用了，但似乎并没说文章多余，他自己也一直写着的。恐怕问题在于刊发的是什么货色。正因为如此，《粤海风》一直未敢松懈，今后更当以此为警醒，认真留下自己的脚印，并着力踩得深一些，不做老先生所说的"多余"。

选自《粤海风》2003 年第 4 期

[灾难作为起点]

人类社会的发展历史常常以灾难作为新的起点。

14 世纪中叶横行欧洲的 "黑死病" 使人口急剧减少，严重破坏了社会经济基础。但是历史学家们却认为，这是西欧由中世纪向近代过渡的一个转折。正是因为这次灾难开启了宗教改革的大门，深刻影响世界发展进程的文艺复兴运动方才得以成为可能。1516 年，托马斯·莫尔的 "乌托邦" 理想为人们描绘了无比美好的未来，其中就将公共卫生当做社会改革的重要组成部分，这应当与社会和民众对这次灾难的记忆不无关系。

21 世纪之初的 "非典" 所造成的危害程度当然与几个世纪前的那次大灾难不可同日而语，但是它同样有可能、而且应当成为一个新的起点。"非典" 给了我们一个《突发公共卫生事件应急条例》，但是人们的审视眼光已经从卫生和疾病问题而扩大和深入到更高、更广阔的层面。关于 "政治体制的弊端"、"政治体制改革滞后"、"民主政治发展缓慢" 的种种反思正渐渐浮出水面，并成为一些颇具分量的媒体的话语。

社会在大小灾难中觉醒和成熟。在 "非典" 这一时段发生的 "孙志刚事件" 同样表现了灾难的历史学意义，既促使我们对收容制度进行重新审视，也引发了我们关于公民权益的再一次认真思考。如果灾难教育了我们，推动我们向前走了一步两步，那么我们在为灾难所带来的损失扼腕长叹之际，也要感谢灾难。

但是历史的飞跃平台需要积累厚度，并不是所有的灾难都在给社会以重创的同时给社会带来更新。正因为如此，我们的反思眼光不应追随灾难匆匆远去……

随笔

并非穿上随笔的外衣身体里就澎湃着思想，就成为思想者。

［随笔不能承受之轻］

选自《粤海风》2003 年第 5 期

江山代有文体香，上个世纪末叶辉煌一时的专栏文章如今渐渐让位给了所谓随笔。专栏文章虽然还在不甜不咸地软软播撒着百无聊赖的气息，但是早已比不得随笔的分量。思想随笔、学术随笔、文化随笔蜂拥而至，就好像当年横空出世的所谓大文化散文一样，在称谓上就占了高枝。

思想随笔、学术随笔曾经带来清新的空气，它比抒情散文深沉，比杂文儒雅，比论说隽永，比那些类似市井闲言的专栏文章更是多了无法相比的内涵。但是在我们这个以克隆为特点的时代，在急切切以批量生产规模生产为市场手段的时代，在伪劣产品大行其道的时代，时髦行俏就意味着泛滥的开始。如今随笔多了起来，随笔也开始变得苍白，苍白之后就用上了厚厚的粉底和病态的胭脂。

许多所谓随笔常常是在做搬运的劳作，将某处看来、抄来的某人物或某事件的史实杂糅在一起，议论几句或不议论几句，就成其为一篇。有点可读性，有点普及功效，但是并没有随笔应有之深度和灵气。或把大师的话用自己的口音说一遍，就好像那些古典名著的白话本，不能给人以信任感。但是所谓随笔常常拣风口背光站立，引一两位特立独行的老人为同道，任意指点历史，其实他未必读过那老人的书。

并非穿上随笔的外衣身体里就澎湃着思想，就成为思想者。但是不少人确实这么以为。专栏文章的没落就因为滥，一个人同时开多个专栏，焉得不滑入空乏？但愿随笔不步其后尘。

做编辑的悲哀之处，就在于他要比其他人看到更多得多的没意思的文章。

缘于参加世界期刊大会，我在巴黎参观了罗浮宫，像绝大多数步入这个伟大艺术殿堂的人一样，在其中流连盘桓，深深为那里收藏、展出的艺术瑰宝激动、感动。在被艺术品和艺术家折服的同时，我也不免为这座艺术宝库本身感叹：成就它的难道仅仅是艺术家的天才和灵感吗？我相信，就像那些雕塑的底座托举着艺术的辉煌一样，罗浮宫也有它厚实的底座，那些艺术品的收集和保存出自长期不懈的对艺术的关爱与崇敬。罗浮宫博物馆的总馆长将罗浮宫之所以名扬世界归结为三点：首先是集合了旧政时代的王储艺廊；其次是多亏了十九二十世纪"坚定持续的收购政策和耐心收集"；此外还归功于慷慨的私人捐赠。近二三百年里，法国并非一方恬静的乐土，甚至不少战乱频仍的年代，但是罗浮宫并没有毁损，而且随着流光不断地丰富扩大着。这里面是不是也蕴涵着一种文化精神及文化氛围，寄寓着当政者、主事者的魄力和眼光呢？

中国是文明古国，中国本身就创造了丰厚的文化产品，但是除了被劫掠之外，有许多甚至毁于我们自己之手。敦煌的王道士随意批发藏经洞的经卷，尚且为他换来一点可怜的碎银两和毛巾香皂，"破四旧"之类却只获取了无知的快感和扭曲了的道德满足。今年"十一"长假刚过，据有关部门清点统计，公园、饭店、商场、影院都进账颇丰，笑逐颜开，相比之下博物馆却依然冷清。报纸说："门可罗雀"似乎成了博物馆的专用名词。

如今，文化正成为中国一个新的热门话题，大多地方都声称要建设文化大省或者文化强省。社会在大声呼唤大师，呼唤文化精品。大师和精品需要坚实的"底座"，所有的花架子都无法承受和托举那沉实的分量。我们需要肥沃的土壤，需要风调雨顺，需要假以时日，需要坚定不移。我们需要罗浮宫那样的想像和包容，尽管参观的人们大多只将目光停留在艺术品上，但是每一件艺术品上都折射着罗浮宫的光辉。

全球化时代的游戏与信仰（余世存）
大学的理念：形式与性质（陈家琪）
对教育部《学术规范》的两点质疑（宣炳善）
张艺谋的文化失败权利（王岳川）
从功名的烟火中救救孩子（黄万盛）
公民意识的百年遗产（李新宇）

广东省文学艺术界联合会主办
文化批评杂志
2004年 第6期 新编45期

粤海风

2004

ISSN 1006-7183

[我们只相信时光]

选自《粤海风》2004 年第 1 期

又是新的一年，生命应当开始蓬勃了吧？

随着春天脚步匆匆而来的，是《粤海风》改版后的第40期。回望来路，《粤海风》没有大红大紫的灿烂，却也没有大起大落的反复。它一直以原创的步式，在喧嚣的报刊市场中独自穿行。

几年来，《粤海风》形成了自己的别类编辑风格。它不拘泥于学科，只要能形成跨越学科的阅读，都可以占用它的版面。它也不拘泥于文章的形体相貌，本期刊发的数万字长文就是一种告示。它还不拘泥于发稿的时间，总是直到开印的前一天依然在调整稿件，只要能让编辑的眼睛陡然一亮，此刻匆匆赶到的文稿也有可能挤进已经整齐的队列。这一切并不表明随意性，比如对于没有接触到的作品，《粤海风》从不敢为它的评说割让一块土地。

在过去的一年中，令人心存芥蒂的事情之一是，《粤海风》有文章发在了别的期刊之后。或因稿子在编辑部的存放时间超出了作者耐性的应有限度，或因作者的耐性未达到应有限度。以往有过别家期刊发在《粤海风》之后的事，同是一枪两响，感觉大不同。

新的一年寻求新的突破。《粤海风》依然不为别人的职称而存在，不为自己的生存而生存。

我们不相信"大众"，因为"大众"已经习惯人云亦云。市场教导我们说：酒香也怕巷子深。但是真正的酒徒说不定就徘徊巷子深处。我们也不相信"精英"，所谓精英们为了与"大众"同谋，剩下的只有他们的名声。

我们只相信时光，万物有序，至少，春天每年都会降临。

相信时光就意味着漫漫的等待，但是有人愿意把有限的生命汇入历史的等待之中……

[传媒的尊严]

选自《粤海风》2004 年第 2 期

社会的发展推推搡搡把我们带进了传媒时代。今天，媒体的权利和责任远较旧时代更为重大更为广泛。"欢迎媒体监督政府"、"媒体不要总是逢迎政府"等等说法，从政府高官的口中说出来，似乎预示着一种新的关于媒体的价值指标体系将逐步被有识之士把握，适应时代的新的关系整合将会艰难地展开。

但是，在媒体寻求和实现尊严的途中，其自身也面临着一番重新的思考。最近关于"媒体批评"的言说就是对媒体影响的一次深入审视。"媒体批评"作为一种新的概括、新的说法，似乎要将其从姿态和形态上区分于理性的、严肃的、正式的批评，此中暗含之褒贬，值得一番咀嚼。

媒体正在深深介入当下人们的生活，其影响能够迅速弥漫于每一个角落。好些年前，已经有《请你抚摸我》之类的书问世，但生不逢时，没有赶上媒体的大好春光，有如明珠暗投，没有多大声响。现在有人以这种句式写一些琐屑的文字，加上一张自己的裸照贴在网上，马上招惹眼球，名满天下。媒体每天都在为各式各样的诉求打造可能，并从中获得巨大回报。

一家权威的新闻出版专业性报纸最近议论过这样一个问题：记者看见有人落水，应当救人还是拍照？或许可以将这个问题抽象为：媒体从业人员属于社会还是仅仅属于职业？

随着经济社会的到来，媒体的文化产业功用越来越突显，但是媒体的意义并不简化为投入产出比。媒体的尊严体现为社会的责任和良知。

我们这一期杂志的出版时间是 3 月 15 日，消费者权益保护日，作为传媒产品的消费者，我们希望市场繁荣有序；作为传媒产品的生产者，我们将努力保持尊严。

圈子

图 / 文：刘一行

圈子里弥漫着奇怪的虚假气氛，大家为了把这气氛保持在辞不达意的喋喋不休里，都在拼命地搜肠刮肚。

[圈子的喜与悲]

选自《粤海风》2004年第3期

"圈子"是文化人的一个依仗。如果说，所谓圈子还只是一种客观的概括，"圈内"就已经表示某种认可，带有自己人的色彩了。中国宗法制度的流风就像渗入帮会一样，轻易侵入了文化人的生存空间。

《辞海》释"圈"字："划界，围住。"《现代汉语词典》关于"圈子"的解释："集体的范围或活动的范围。"作为社会人，自然需要归属感，需要相互的肯定或者吹捧。进入圈子可以解除独处的恐惧，得到一份慰藉。这是圈子存在的理由和意义。

就在人们为寻找认同而挤进圈子的同时，圈子也在向入围之人不断提出趋同的要求。双向选择，原也无可厚非。由于许多圈子有很深很广的背景，所以店大欺客的事情也时有发生。荒村野店，独此一家，既然夜投，就得甘受店小二的吆喝，眼前难免树起一重精神屏障。

当今搞学术、办杂志也有圈子，除了以观点、门派划分之外，更常见的是以行政级别或区划圈起来的地段，其中身居要冲者是当然的盟主。进入圈子的各色人等在获得归属感和获得信息、获得名分、获得奖掖、获得资源分配的同时，也须遵从束缚，付出走入圈子的代价。

《粤海风》近期得一来稿，据说圈子里打过招呼不发，《粤海风》不在圈内，未有承诺，所以也就发出来了。去岁所发的一篇批评稿，也曾碍于情面辗转于多家刊物，《粤海风》与矛头所指素无渊源，游走于圈子之外得一点率性感受，倒也有点意思。

随着时代脚步的推移，今后很多事情要以"民间"的形式出面，圈子或许更要大行其道了。在圈子外头显然少分得一杯羹，却有吃与不吃的自由，不亦乐乎？只不知哪天不小心走入圈子，又是如何情状。

文化体制改革是今年的主流话题之一。盛夏的灼人阳光下，"转制"的躁动开始入侵和颠覆文化人的生活磁场。中国的新闻出版业或许有了一个新的发展契机。

改革是大势。还记得早几年的国有企业转制，虽然闹得沸沸扬扬，却依然大江东下，一泻千里。人们说广东人只会生孩子，却不会取名字，意思是说广东人敏于行而讷于言，不懂话语霸权之类，但是在转制这件事上广东人不但做了，而且有个性化言说。在珠江三角洲腹地，那些洗脚上田的农民充分发挥了源于民间的原创性，张扬"靓女先嫁"的普通生活哲理，认定转制要赶在企业还是"靓女"的时候出手，否则人老珠黄，就标不出个好价钱了。这种说法成为一时焦点，受到许多大牌经济学家的关注，也受到政治学、社会学的关注。由于产权制度的改革颇有点伤筋动骨的味道，有人质疑其中是否流失了国有资产，也有人甚至重新祭起"姓社姓资"的大旗，大加挞伐。同以往所有的社会变动一样，媒体没有在产权制度改革面前置身于度外，或多或少或明或暗地有过自己的说法。

如今尘埃落定，国有企业的转制早已不再有人说东道西。岁月无痕，就像有些人已经淡忘了当年的自己曾经在校园里拿着剪刀，围剿长头发和喇叭裤。而"转制"这个被我们的媒体说过无数遍的话题开始应验于媒体自身。新闻出版业不再隔岸观火，轮到自己从体制角度面对这个变动不居的新时代。

局势可以用得上一句时髦了上百年的话：号角已经吹响。但是在利益格局的调整面前从来没有容易事情，何况文化事业还是革命机器上一颗必须拧紧的"螺丝钉"。

千里有待跬步，历史的进程常常如此。

但我们无法因此拒绝每一个小小的步伐，我们期盼渐渐扩大的空间。

[决心与平常心]

选自《粤海风》2004年第5期

这次看雅典奥运会的电视节目，突然遭遇了一个久违的名词——决心书。有好几次，央视的解说员在评论我国某个取得好成绩的运动员时很是认真地告诉我们：这个人在赛前的决心书里是如何如何说的。意思大概是说，这块奖牌他早就志在必得，甚至为此立下了军令状，所以肯定是囊中之物了。由此看来，我们的运动员都是写了这样一篇文字之后才启程去雅典的，这使我有点担心那些没能够兑现决心的运动员，不知他们赛后回国将怎样对照自己的决心书去结算雅典之行？

文体的兴衰不免折射着社会的精神和风貌。如今是许久没接触过决心书了，乍一听到这旧时相识，竟产生了些许恍若隔世的感觉。回想起在小学、中学以至在农村当知青的年代，决心书同保证书、检讨书、悔过书等风行一时，紧紧伴随着我们的人生旅途。那时的大人孩子一起，或在誓言中亢奋，或于反省中无奈，生活之弦绷得紧紧。后来，社会的嬗变使人把决心书淡忘了，仿佛它已经渐渐化出了时代。于今却猛然间发现，它依然确切地存在于社会的某一块地方。文化的印记总是难以抹去，人文的色彩总会在不经意间流露。

今天，体育运动也许仍然需要决心书，但是体育的精髓却不一定在于决心书。在悉尼举办的上一届奥运会上，我们有过一个新启用而使用频率较高的词组"平常心"。因为它丰富的内涵，因为它表达了某种新的理性，它的出现曾一度引起人们较多的关注。当时的大家似乎都不同程度地表示了对它的认可和接受。但是"平常心"毕竟不属于急于证实自己和展示自己的国家和国民。在本届奥运会上，我们依然每日里数着金牌和预测着金牌，就连闭幕式上的旗手也毫不客气地立马换上了刚刚获得金牌的运动员。

决心与平常心都是胜负观的表现，难说高下。其实应当关心的是其心理指向：我们所有的胜负究竟是为了什么？这种追问当然也包括体育场之外。

　　时近年尾，感慨流光飞逝之际，不免俯拾一年里留下的脚印，对自己的办刊之道检视一番，为此感慨良多。一段时间以来，间或有人将电话打到编辑部，追问某篇批评性文章的作者是何方草寇，说其触及了自己，由此言辞激烈，责怪本刊为何刊发这样的文章。有的一上来就大声宣称自己是某某，却不知编辑部人不在三界中，孤陋寡闻，并不熟悉这个大名，而他在意的那篇批评文章其实也只是指向某种说法，没有直接写到他的这个名字符号。我们不是不知道，批评类文章立论并不一定完全可靠，措辞难免有欠准确，或者也会流露出情绪化的色彩，而且在大多数情况下，站在文章后面的只是一个名不见经传的、未谙学术圈子事故的年轻人。但是我们总是想，按照学理的原则，仅仅作为一种不同的声音，它就可以有存在的理由吧？如果口吻不敬，也完全没有必要同他一般见识，何须为之动怒。

　　《粤海风》并不像有些书刊那样特地张扬攻击和反叛，但是它愿意看到一些并非人云亦云的话语，看到一点点生气。全国虽有那么多学术类期刊，可是不为申报职称而写的文章究竟有多少呢？我们认真说话、真正说话或者尝试说话的机会并不是太多，作为人文科学的知识分子，似乎不应当参与对有限话语空间的分解和割裂。

　　说起来在中国做报刊还真不是件容易事，我们不是在版面上看到过所谓"文本内容不代表本刊意见"这样未雨绸缪的解说吗？为了脱离干系，遮遮掩掩小心翼翼如履薄冰之状跃然纸上。虽然哈贝马斯说过，要争取平等权利，而不是争取"更多的宽容"，但是宽容毕竟是美丽的。如果冬天不至于太严厉，春天就会有更多的花。

广东省文学艺术界联合会主办

文化批评杂志

2005年 第3期 新编48期

2005

颂辞

图 / 文：刘一行

人生是一场疲惫的战斗，为了抵抗别人的不赞颂，必须永不停歇地争取别人的赞颂，直到结束。看是光荣地结束，还是耻辱地结束。

[鸡年何以为祝]

选自《粤海风》2005年第1期

新的一年到了。是鸡年，画着一只只雄赳赳公鸡的贺年卡如期汹涌而来，汹涌而去。我们似乎越来越喜欢昕颂词，越来越耽溺于祈求和想象，于是不歇地从普通物事中寻找吉兆和暗示。近年来，岁晚的贺卡、挂历承载着过多世俗意义，与中元的月饼一样，成为时令的表征而泛滥成灾。社会的心理和我们的人情世故观念就随着这些表征漫无边际地漫漶。

中国人总有理由和办法按自己的意愿赋万物以意义，因而鸡是被释为"吉"字的。鸡年来临，我们就歌颂"金鸡"，就说起了闻鸡起舞的故事，赞叹起宁为鸡口不为牛后的精神。事实上，在中国文化系统中鸡常常被用作贬义的借喻，诸如鸡鸣狗盗、呆若木鸡、鸡零狗碎、鸡虫得失、鸡毛蒜皮、鹤立鸡群、鸡栖凤巢、味同鸡肋，等等，民间甚至还将"鸡"作为不被舆论所推崇的某种地下职业的命名。但是这一切并不影响我们对鸡的颂扬，不妨碍我们从鸡的身上寻找功利，发掘我们的心理需求。

这种状况恰好可以反映或解释我们在许多方面的姿态。比如好大喜功文过饰非，比如欺上瞒下浮夸虚报。在学术上，我们总是愿意按照趋吉避凶的处世原则行事，我们的研讨会几乎没有例外地氤氲着和气生财的商业气氛，颂扬是廉价的礼品，所有的不屑都藏在袖筒里。同气相求以结成阵营更是不可忽略的事体，阵中的弟子不免要领得令箭为师尊冲锋荡寇。

或许我们没有必要非难一年伊始的祝愿，但是窃以为，"雄鸡一唱天下白"似乎可以承担我们关于鸡的更有意义的说辞。

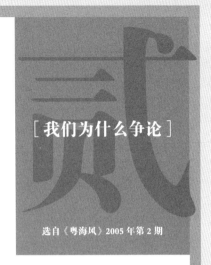

[我们为什么争论]

选自《粤海风》2005年第2期

尽管学术界早已习惯于以"批评"代替过去习用的"评论",但是我们依然缺乏批评精神。如今在中国,任何一部平庸甚至低劣的书都有可能堂而皇之地以高规格举行研讨会,并请出一干重量级的人物作点缀。许多评论家从不拒绝参加任何作家、作品的研讨会,他们把这些研讨会当做唱堂会。堂会不免要找些喜庆的剧目,于是大家竞相说好话,不避献媚之嫌,批评的话语中应有的针砭意义在大多数情况下缺席。20世纪90年代末《粤海风》改版,定位为文化批评杂志,当时就有一家大杂志的老总发表意见说:我们虽然急需要批评,但是肯定和表扬也是要的。她显然在沿用旧习理解"批评"二字,将批评的意蕴从"评论"的应有之义中剥离。对"批评"旗号的这种质疑,足以显示批评的处境。

批评缺失的极致是反对批评。我们无法不注意到,每当有人站出来说几句还不算离谱的批评意见,他的身前身后总不免紧贴上一批狙击手,因而处身于火力网之中。被批评者的霸主地位越高,派出的狙击手就越多,至于枪法的准与不准倒是次要的事。前些日子,有一位作家站出来公开表示欢迎批评,他说:一个对读者负责任的作家,一定会把批评者当做净友。即使是"恶意"的批评,对他的写作也未必就是坏事。他还认为:批评家自有其独立的价值,完全不必顾忌别人是否有"气量"。这种姿态颇有古风,可惜遗落久远,如今有几人能够面对批评会心一笑、淡然一笑或者傲然一笑呢?于是我们有幸常常看到争论的热闹。但是这种争论夹杂着太多的人情世故,所以对问题的本身似乎并没有太大的意义,徒然展示文人的恶习和增添文坛的虚假繁荣而已。

记者喜欢发生事件,杂志的编辑喜欢有人争论,但是喜欢之余不由生出疑问:我们究竟是为什么争论呢?

[永远的顾此失彼?]

选自《粤海风》2005 年第 3 期

前些日子，我作为政协委员，参加了政府组织的一个巡视组，检查公路沿线的有关执法问题。巡视组重点关注的事情，一是有没有乱收费的现象，二是那些设卡、收费的人究竟有没有执法主体的身份。听说公路乱收费的现象一度非常严重，政府已经用了好几年工夫花力气整治。国务院还为此专门制订了整治标准，要求各地在一定的年限里达标。但是，由于在公路上设卡、收费的都不可能是普通百姓，多为行政管理部门，或至少与之有密切关系，总有些似是而非的名分，这就使得整治非常不易，因而国家和省市一级政府派出的巡视组也就不得不有点"宪兵"的意味。

令人感慨的，并不仅仅是整治乱收费的难度，也不仅仅是行政部门的违法，还在于这种乱收费现象的起始。记得当年在农村当知青时所看到的，无论是公社、大队甚至生产队，只要派上一两个人，在公路上横一根木杆或者一根细细的竹子，就可以拦下所有的过往车辆进行检查。我下放的地方是山区，乱砍滥伐现象严重，这种检查对于乱砍滥伐现象起到过抑制作用，因而曾经得到了政府的允许甚或大力支持。有时候，政府自己就在充当检查站的主人。

那时人们并没有意识到，这种随意性将派生出无尽的推广和演绎。及至进入经济时代，收费和罚款成为社会生活的表征，它们的介入又使事情有了利益的驱动，从而变得更加的复杂。最终，政府不得不用捧过它的手来修理它。潘多拉的盒子是我们自己的手打开的，收拾残局也只能靠我们自己。

也许人类社会注定就是如此不停地折腾，因为我们俯伏在地，眼光短浅。我们开山造田，然后退耕还林；我们耸立大坝，然后为它的后遗症疲于奔命；我们拼命扩张城市，然后不得不回过头来治疗城市病；我们不遗余力张扬商业性消费文化，然后再来搜寻几乎被淹没的精英文化。我们的教育、我们的学术正在不断的量化，显然，接下来我们又要为此做些什么的……

[商机无限情有限]

选自《粤海风》2005年第4期

在我们这个时代，所谓商机最能激动人心。大小官员甚至一介草根，听到这个词的时候都不免心中微微一颤，甚至生出些许冲动。我们不得不承认，捕捉商机成就了社会经济的进步。但是商机并非是通向幸福的唯一通道。我曾经在马尔代夫一个风景秀丽的小岛上住过几天，那里没有我们的旅游点惯常见到的那些五花八门的娱乐和销售，少有的几个项目也都是与出海与观鱼、钓鱼有关，而这些项目没有商业社会的宣传手段，只是在墙上贴一张纸，愿意参加的就填上自己的房号和名字，人数够了就出发。有朋友评说：这里人不懂商机。确实如是，住在那里，生活就是早起看云，夜晚观星，亲密接触阳光和海水。或许正是这种缺乏商机的景点，才滋养着真正的、或者说更为纯粹的旅游休闲内涵？事实上，马尔代夫并没有因为欠缺"开发"而欠缺人气，人们依然将其划入"一生中必须去的50个地方"。

记得今年春天游览沈阳的北陵，其中古木森森，有历史的肃然之气。当地朋友告诉我，这里原来满布大小摊档和各种游乐设施，因为要申报"文化遗产"的封号才清理干净。我相信，有时候那些多如牛毛的小小商机反而会影响一块国土、一个民族生存发展空间的巨大"商机"。

可是，各种商机依然如水银泻地无孔不入。有网站让木子美竹影青瞳芙蓉姐姐一起登台现形，演绎了商机的绝对优先。而那些可供抄写论文的网站、代人写作和考试的枪手、替人鼓吹的报刊、申请重点学科和博士点的帮办，更是在看去似乎绝难商机一把的节点上发掘出商机，有如从骨头缝里掏出点肉屑来。我想到最近读的一位当红经济学家的书，书中说："经济学家讲实际，我们做任何一件事情，不是为了实现什么精神，而是要获得某种利益……"我不知道社会会不会对这样的宣称和表述感到不安。

商机是迎合，是诱惑，是热闹，满足着最大多数人的欲望和需求。商机无所不在，但是寻找商机的脚步不应当无所不在。心之最深处，当属商机鞭长莫及的地方。

[学问人生]

选自《粤海风》2005年第5期

这一期文章有好几篇涉及知识分子的人生际遇和人生态度，诸多慨叹的同时也想到今天的知识分子。如今的坊间似乎对学问人很有些大不敬，人们在手机上传递这样的段子："这年头，教授摇唇鼓舌，四处赚钱，越来越像商人；商人现身讲坛，著书立说，越来越像教授。"另一种版本异曲同工，也是将教授与商人等同："这年头，教授一心向钱，手里有什么，他就卖什么，越看越像商人；商人附庸风雅，脸上眼镜，身后书架，越看越像教授。"这里当然有以偏概全之嫌，幸而我自己早已忝列教授一类，不怕被别人说成吃不着葡萄的狐狸。但是这种挖苦总不免让所有与学问有关的人感慨万端。记得我们读大学时，民谣还在为有学问的人表达愤懑不平，说的是："造原子弹的不如卖茶叶蛋的；握手术刀的不如拿剃头刀的。"曾几何时，民间的舆论怎么就抛弃了学问，从深刻的同情转为深刻的讥讽了？

经营商业和做学问的两者之间本没鸿沟。尤其在我们这个时代，商人多喜欢戴一顶"儒商"的帽子，表示向学问的回归或者靠拢，有的甚至还健步登上大学的讲台抒发情怀；许多学校则将经济管理之类当做一门显学，大力扶植，同时也作为生财之道，加以推广。这在市场经济的条件下，原本是无可厚非的。社会上关于商人与教授之间角色转换的种种调侃，恐怕主要并不是着眼于社会分工的不应超越，而在于内在精神分野的模糊。商业有商业的法则，学问有学问的操守。如果用商业的法则去做学问，学问从自身轨道的逸出或背离也就是自然而然的了。

这种现象的改变也许需要有一个至今未能形成的良好体制和运行规则，但是学问人生的不同姿态也同样是历史的拷问。一般来说，有学问的人眼里有更多的白云苍狗，心中有更多的历史兴废，因而更能够解读压力和诱惑。可惜学位以至学问、学识的高下永远都无法代表思想、品行和素质的高下，终为历史空留许多困惑、思考和笑柄。

最近到一些城乡去考察文化产业，对不同职业关于同一件事的不同态度深有感触。

文化产业是眼下中国社会经济文化发展的热点之一，所以对文化产业的评估也就理所当然的与政绩有了关系，各级政府和它的职能部门随之有了一系列的统计模式，比如文化产业的规模、投入和产值，解决了多少人的就业问题，对当地GDP所作出的贡献等等。产业的形成不可能一蹴而就，但是为了应付统一的衡量标准和统计口径，许多地方都在搜肠刮肚地为报表而战。因为资源和市场所限，中国的中小城市难以在出版、影视、演出等传统文化产业形成规模。于是，在我所到的一些地方，"网吧"就成为一个重要的"增长点"而受到有关部门的热情关注，每平方公里或者每千人拥有几间"网吧"，也成了文化产业发达与否的标准。正因为如此，许多地方官员对社会舆论关于"网吧"的抨击和有关部门对"网吧"的限制，普遍表示出不满的情绪，希望宽松和弛纵。

后来我参加了"关心下一代工作委员会"的一个会议，在会上，那些"关心者"对"网吧"的负面作用忧心忡忡。他们也许不知道，"网吧"正在另外一些"编导"的手中扮演着具有正剧色彩的角色。这当然是因为社会效益和经济效益的着眼点不同，但是却也不尽然。我们完全可以相信，将主张宽松和弛纵的人放在另一种位置上，他们或许就成为了"关心"者。而那些"关心"者若是面对报表和政绩的要求，又将如何呢？中国的官场有一句俗话，叫做"屁股指挥脑袋"，它与民间所说的"在什么山上唱什么歌"形成了某种对应。或许，这就是中国式实用主义和机会主义的体现？

职业似乎可以影响一个人的观点和立场。就好像在娱乐场所配发安全套的问题，据说公安部门和卫生部门曾经有过很大分歧。前者认为如此这般必然纵容卖淫嫖娼，后者则认为防治艾滋病事关民族存亡，两害相权应当取其轻。拉锯数载，随着艾滋病蔓延的局势日益严重，后者的观点方才逐渐占了上风。

今天，"职业病"的概念已经从自然科学领域进入到社会科学，盖因为眼光远大、胸襟广阔、爱心深厚的人还是太少。

陆

[职业的分歧？]

选自《粤海风》2005年第6期

粤海风

文化批评杂志

广东省文学艺术界联合会主办

2006年 第 3 期 新编54期

[中国学问的难题]

选自《粤海风》2006年第1期

元旦来了，又是各种媒体寻找新事物以贺新年的时候。北京大学开始试探学术评价体系的改革，提出要搞论文代表作制度。当事的人话说得非常谨慎，声称全面推行这一制度"条件尚不具备"，但是媒体依然对此表现出非常的关注和兴奋。近年来，学界量化成风，甚嚣尘上。以数量为主要考核指标的评价体系尽管不断受到诟病，却依然如幽灵般在大学里徘徊。计算机和表格黑着脸统计、治理着学问，牵引着一班教授、副教授蹒跚前行，并不时挑逗出剽窃、抄袭之类的丑闻。与此同时，一些各据山头的新的利益团伙借机形成。如今，北大此举能够成为中国学术迷失行状中的一次皈依吗？

这些年来，我们的学术和教育不断地探索——或者说折腾，比如大学扩招热闹过好一阵子，现在终于有一些院校打算改弦更张，声称不再扩招，据说是要开始由"追求数量"转向"注重内涵"了，但是那些为了逞"强"而强行合并的院校却早已既成事实。舆论对全国统一高考体制的批评不绝于耳，但是批评的同时，人们有理由担心——没有了刻板的计分标准，公平之城将再度沦陷。这就像安乐死一样，本来是人道主义的事情，但是到了人自己的手里，却留下了许多盲点。谁能保证谋杀不会假借"安乐死"之名横行？

中国的事情总好像没有谱，往往一抓就死，一放就乱。所谓论文代表作制度给我们留下了不少的想像空间。没有了硬性的计量标准，我们将怎样监督话语权？还有，怎样面对头面人物的发话，怎样面对人情，怎样面对种种诱惑，怎样面对关于平衡的惯例？这些物事确确实实一直困扰着我们，如影随形，挥之不去，历久弥新地考验着中国人的优良品德。

有光明网友发表言论："凭良心办事，哪一种制度都能做出公正的结果。"这位朋友的理想似乎太倚仗人心之善，因而对制度过于掉以轻心。但是将他的这种意思换一种说法却又似乎成了朴素的真理，那就是：如果良心大大的坏了，哪一种制度都将无能为力。

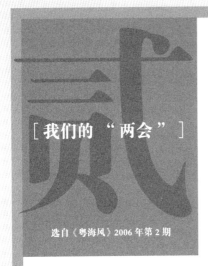

[我们的 "两会"]

选自《粤海风》2006年第2期

　　早春，对于中国人民来说有着特别的意义。除了春风化雨、万象更新，让人身心振奋之外，还因为 "两会" 每年都是在这个时段召开。每逢此时，各方人士济济一堂，共商国是，蔚然大观，营造了中国民主政治的象征。电视屏幕上总有那样的镜头：人大代表、政协委员庄严地拾阶而上，进入人民大会堂，或者站在人民大会堂前留影，头顶一行红旗在蓝天下飘扬。

　　记得很多年前，中国还没有从短缺经济的阴影里完全走出来的时候，曾经听人说过，北京的普通市民特别喜欢 "两会"，因为 "两会" 期间，大街小巷的物资供应总是要比平时丰富许多，而且物美价廉。当时不免想，能成为北京市民真是幸福！今天北京市场的繁荣早已不必借助 "两会"，与过去沦为点缀的年代有云泥之别。老百姓对 "两会" 的要求也不再停留在当年那种层面，大家关心的是 "两会" 的小组发言，是议案、提案，是大小规模的记者招待会。有时候，人大代表或政协委员的一些批评和建议在报纸上登了出来，就被有些读者认为是既定的方针，甚至认为是既成的事实。他们声称："报纸都这样说了！" 却不知道，从议案、提案出发，到立案，到成为政策，再到实行和推广，往往还有长长的路要走，也可能止步于某个环节，而有的建议其实只具备作为建议的意义。老百姓的这种误读足以说明他们对 "两会" 内容的关注，说明他们对 "两会" 抱有很高的期望值和信任度。连商家也意识到万众的眼光所向，"两会" 期间，政协的报纸广告就比平日多了许多。

　　"两会" 更是媒体的盛宴，各地派出大量记者进京，捕捉新闻点。但是其中一些报道却似乎与 "两会" 的宏旨无关：比如以节省的角度报道与会者的胸牌比往年小了，请柬用纸改成了再生纸；以环保的角度报道接待宾馆的被单不一定每天洗涤，减少了洗衣粉的污染。如此等等，尽管作为花絮，仍不免让人担心媒体版面的价值流失。要知道，仅人大代表在会上提出的议案就有千余件呢。还有报道说，有出席者在意见相左的两份建议上签名——也是 "花絮"，真让老百姓不放心。

往事

如烟消散 图/文: 刘一行

大地里有一切被记住的和被遗忘的。

[时代的重负]

选自《粤海风》2006 年第 3 期

时间过得真快，转眼间，"文化大革命"的风起云涌已经是 40 年前的事情了。40 年流光滔滔远去，当年出生的孩子已经成为中年人，当年死去的人墓前之树想必也已经合抱了。这 40 年间活着或者死去的人，身上都深深浅浅地留下了"文化大革命"的印记，都因为"文化大革命"的直接或者间接影响改变了命运，调整了得失，转换了心理。但是我们也许还谈不上完全而且真正地读懂了"文化大革命"，因为我们还没有进入最佳的观察距离，我们回顾的眼光极其散漫、浮浅，我们所检点、反思的过去，还散发着我们曾经浸润其中因而业已熟稔的气味，甚至还残留着我们自己的体温。社会的嬗变太快了，使今天的我们穷于应付或乐于追寻新的风雨、新的风尚、新的风月，有意无意地只看着前头，淡忘了身后渐行渐远的岁月。那其中依然有我们瞳人中的盲点，也有未开垦的林莽。

我们制止了蔑视、颠覆权势以及任意挑战等级和秩序的混乱状态，却又面临着不少干部的滥用职权、堕落腐化以及某些新生权贵的专横跋扈；我们拨乱反正极力维护师道尊严，如今却又困惑于愈演愈烈的学术腐败；我们憎恶样板戏道貌岸然的"严肃"面孔和说教腔调，却又堕入了将一切高尚悉数通俗化和"戏说"的泥沼。一些学者义无返顾地开始充当拯救文化的护法使者。回归者的脚步愈加执著，关山飞度，不但跨过"文化大革命"，而且跨过了"五四"，直向孔孟之道逼近。超越者的眼光愈加漂移，他们注重当下，切实地感觉到并且把握到影星等等的价值远远大于孔子，希望他们成为文化新生的符号。历史的藤蔓总是顽强有力地纠缠在一起，默然等待着时光来参与条分缕析，进行寻根溯源的梳理。

许多年轻人对"文化大革命"的残酷和荒诞不解，他们搬出几位抗争者的故事追问：大家为什么不学习他们？那个时代的人怎么如此容易屈服？历史和命运当然不至如此简单。也许，时代的重负只有把它扛在肩头上的人才能真正知道，而往事如烟消散终归是人类社会难以避免的悲哀。

在这个炎热的六七月间，世界杯铺天盖地而来，说话不扯上两句世界杯似乎给人以落伍之嫌。但是说世界杯的人太多，却又给人不堪，何况是在公众的媒体上聒噪。这些人里数演艺界人士亮相最频，唱歌的、说相声的、玩小品的、演电影的，还有写书的、做播音员的、搞收藏的等等，次第作为嘉宾粉墨登场，在媒体装模作样说一通足球。更有那甚嚣尘上的所谓超女，竟然成了无所不能的超人，开笔写起了世界杯的专栏文章。侃球当然是见者有份，没有职业限制，媒体关注的也只是这些嘉宾的来头和身份。但是问题在于，这些人中混杂着不少"花瓶"，说起球来不着边际，信口胡言，人云亦云，东拉西扯，粗制滥造，哗众取宠。看来不管是什么事情，只要变成时髦了，也就难免会化作一种灾难。

但是谁又能责怪这些人？他们只不过是在为媒体导演的大戏跑龙套，自己无非是在受众那里"混个脸熟"而已。在媒体看来，会不会说、会不会写完全不要紧，只要你能够招徕眼球，激发出广告商的热情——这已经成为媒体世界最朴素最直接的真理。央视的一个世界杯主打栏目叫"豪门盛宴"，央视对此有阐释和延伸："世界杯是球迷的盛宴，也是商家的盛宴。"而央视自己就在世界杯期间表现出了极大的"盛宴"情结，就连那些定位于高端人群的严肃性访谈节目，也都暂时忘记了它们一度关注的国计民生，忘记了它们所标榜的淑世情怀，纷纷将目光投向了绿茵场上，与广告商一起围着"盛宴"翩翩起舞。

世界杯确实具有强大的吸引力，足球经济由此勃兴。经济学家预测，本次世界杯将使主办国德国的经济增长0.6%，并使全球经济增长0.1%。不知道有没有算上赌球公司的进账，相信那决不是一笔小数。媒体的"盛宴"收入也应当相当可观，但据说有些足球强国的媒体反倒没有我们这样的热情和痴情，难怪我们引用的国外评球言论大多来自不出名的小报小刊。我们的媒体身份繁复，不知是公器，是喉舌，还是商业机构，所以很多事情让人看不明白。夜阑热播性病广告的媒体，白天里不也在道貌岸然地批评世风不古吗？

[为了纪念的忘却]

选自《粤海风》2006 年第 5 期

人类社会活动的一个重要项目是"纪念"。所有的"纪念"都在着意表达我们与历史的联系，强调历史依然活跃在我们心中，尽管那些历史人物、历史事件的身影早已经重重叠叠地累积于我们的集体无意识之中。按照中国人的习惯，纪念还常常与祭祀有关，所以"逢五"、"逢十"尤显得隆重。今年仅"逢十"的纪念就有好些个，比如关于鲁迅去世、关于红军长征的结束、关于"文化大革命"开始、关于毛泽东逝世，等等，让关注历史和主管、主持纪念活动的人们好一阵紧张忙碌。

早有人总结说，所有的历史都是当代史。历史尚且如此，附丽于历史的纪念活动就更不用说了。所谓纪念，只不过是过去的时光留给后人的想象基础和演绎空间，那些不断发掘、展示的回忆和钩沉，都是当代人的思想活动，是当代思潮借历史舞台的纵横驰骋。整理"纪念"的历史，一定可以勾勒出思想发展史的蹒跚侧影。

正因为如此，当纪念成为一种公共活动的时候，它就不得不纳入某种文化的或者政治的框架和轨道。一个逝去事物的纪念日随着时光的渐渐逼近，总会有人想起要把它拿出来念叨、折腾一番。这时候，它的必要性、合理性、合法性、时效性、可行性甚至对周边事物的连带性都会受到近乎苛求的审视。面对那些影响巨大而无法回避的历史事件，我们仿造官场上的迎来送往，制定了纪念活动的"规格"，以姿态作为表态。有些历史事件的纪念曾经令人翘首以待，最终却因为刻意地忘却了其中一些有价值的东西，失去了魅力，不免显出装腔作势的味道。但是我们也因此看到，历史事件正是这样以纪念为口实获得了现实生活中的镜像意义。

所有的纪念都是有所忘却的纪念。纪念是筛选过的，总有一些为了纪念的忘却留在时光的深处。为了逢迎现实的需要，越是必须的纪念，也许就越是有必须的忘却。忘却并不可怕，唯愿不要忘却国家和民族，不要忘却生命和尊严，还有真理的代价。

眼见又是岁尾年头，新一轮手机短信的狂欢即将开始。如今越来越多的短信附丽于大小节日，不管是甜得发腻的问候、祝福，还是俏皮的打趣，或者是有些幽默、貌似幽默的段子，成群结队在亿万指尖下翩翩起舞。似乎是为了承接古人"奇文共欣赏"的传统，"转发"短信已经成为当下大众的乐事。收到内容重复的短信早不足为怪，得到上年流行的短信也算不得稀罕。有人甚至在转发时候连来信人的署名也没有删除，就这样原汁原味地转赠给了他人。

在这种铺天盖地的转发浪潮中，所有的想象力都哑然退避，成为多余。少数人的智慧借助方便快捷的传播手段，代替了多数人的情感表达和思考，窒息了他们的语言和个性。商品时代的人们已经习惯了服务，习惯了标准化和程式化，坦然地接受商家无微不至、无孔不入的关怀。这种关怀直达情感生活的内里，包括帮你写好春联，为你准备好给不同对象的信函。电讯部门雇用了写手为不同口味的下载备下了各种菜肴。网络上有论文供你抄写。也许有一天，思考和创新精神会高度集中在极少数人手里，大众将成为复制机器，茫然等候输入指令，情感粗糙，众口一词。曾经收到一位朋友的短信，该君自以为其短信中洋溢着文采，颇有些创意，却苦于不免被人归之于"转发"一类，只好在末尾特别注明"原创"二字，令人哑然失笑。然而这并非画蛇添足，实在是转发与复制时代的无奈和悲哀。

中国人似乎已经丧失了创造的兴趣和能力，不但陶醉于转发，跟风、仿制也大行其道。任何一个卖点都会招惹商家趋之若鹜，都要一直弄得大家腻味得倒了胃口，方才罢手。舶来的"百万富翁"游戏曾引得全国的电视演播厅里都在做问答题。"选秀"出了超女，不可避免地又有了"超男"，演员、教师、警察的"选秀"亦紧步后尘。一家炒菜锅生产厂家欲寻产品代言人，竟然也在全国拉开架势进行"海选"。我们处于缺乏个性的时代，我们享受着愉悦、闲适和疏懒，但是我们同时也遗落了许多东西。

ISSN 1006-7183

9 771006 718008

02>

2007年 第 2 期 新编59期

文化批评杂志

广东省文学艺术界联合会主办

粤海风

[繁复的回望]

选自《粤海风》2007年第1期

　　新的一年到了。中国的政界、学术界、娱乐界以及媒体都喜欢早早地对新一年的日历仔细搜索、排查一番，看看本365天里有什么重大的周年活动，以便及早作出相应的安排。翻了翻今年元旦的报纸，原来一月里就有"邓公南巡"15周年纪念。记得前些年曾经认为，"南巡"是关于帝王的用语，带有封建意识封建色彩，要求不予使用，而统一规格化为"邓小平南方视察"。可是口语化常常战胜标准化，至今社会上仍顽固地流行"南巡"之说。中国人看事物常常因果反置，一个词儿本是某种社会现实的流露，却担心一个词儿会带来某种社会现实。我们历来擅长修饰，但是人为地抹去一种说法，不等于抹去了使用、流传这种说法的现实土壤和社会心理基础。有时候，老百姓的话语偏能直奔主题，一针见血，比如改革开放之初，以简洁的"包产到户"来表述"农村家庭联产承包责任制"。话语的制订、陈述、诠释者需要全面概括，需要瞻前顾后，需要四平八稳，需要无懈可击。但是社会的眼睛直直盯着的，却是事物的核心内涵。

　　15年前，"南方视察"成为中国改革开放的一部新发动机，所谓"姓社姓资"的争议几近彻底地淹没在新一轮的启动声中，但是虚高的投资热、开发区热等等却也是这次发动的副产品。是非功过，耐人评说。前些年里，关于邓小平的"南方视察"是否搞纪念活动，搞多大，规格怎样，规模如何，曾经有过一些思量和反复。其实，事物的历史意义是一种现实存在，并不因为后来人的偏好而消长。历史的视野因为拉开了距离而广阔，却缺少了当事人跟时代休戚与共的切身感受，在理性中消减了现场感。我总觉得，关于某个历史事件或历史人物的争辩越多，越是反复，越表明这个事件或人物的蕴涵复杂丰富，影响深远绵长。

　　今年的2月，也有关于邓小平的日子，是他逝世10周年。以10年光阴为鉴，我们看到他的影响依然深切地存在，关于他的纪念依然有着广阔的联想……

[自尊的失落]

选自《粤海风》2007年第2期

都市中一些红绿灯下，聚集着许多乞讨的孩子。每逢红灯亮起，他们就向停下的车辆凑了过来。有的拿一脱毛的鸡毛掸子，在车窗玻璃上晃荡儿下，然后向车里的人伸出索要的手。有的背一书包，做成失学的样子，刺激和拷打车里人的良心。有的孩子还很小，蹦蹦跳跳而来，又蹦蹦跳跳而去，在他们眼中，这种忙乎或许也属日常游戏的一种？不远处有大人的眼睛紧紧盯守着，目光里并无慈爱——也许他们根本就不是孩子的父母。但是无论谁家的孩子，在根本不谙世事的岁月里如此生活，以伸手和哀求为常态，受呵责与白眼而坦然，他们的人生是否由此与自尊无缘？

其实这种自尊的缺失已然成为现实。春节期间同朋友去打球，会所的工作人员纷纷拦道索要"红包"。朋友碍于面子，无奈中给出了一张纸币，顿然引发了小小的风潮。七八个人嘈嘈杂杂跟着他不肯散去，其中大多是年轻女子，而且不乏貌似端庄之人。一个中年妇女正在抹窗玻璃，眼睛和心思都不在玻璃上，只要见到有顾客走过，就赶紧拎着抹布凑上前去，脸上流淌着深深的渴望，口中不迭地念叨着"恭喜发财"。那句恭贺年节的吉利话，在中国人的生活中也许流行千百年了吧，如今却怪异地成为乞讨者的口头禅。市井中甚至有人为之续了一句，叫做"恭喜发财，利市拿来！"恭喜别人成为一种借口，恭喜自己才是心目中的期待。

我们的祖先创造了不受嗟来之食、"不为五斗米折腰"的文化传统，却也为我们准备了不可"死要面子活受罪"的遁词，准备了"不要白不要"、"好死不如赖活"的自我解脱。到了今天，"嗟来之食"这个成语已经不甚普及，就连创制成语的文化人也常常自嘲为"丐帮"。有多少"创收"与乞讨无关？明明不关生命之忧，却向四处伸出"化缘"之手，因而为商贾亵玩于股掌之上。不要尊严、只图获取而斯文扫地的情状，在有身份有文化的人那里司空见惯。

中国人自尊起来很吓人，清朝皇帝坚持要外国人下跪，今天我们面对别人的发达总要在想象和说辞上胜人一筹。但是这种自尊的后面却是自尊的普遍失落。

选自《粤海风》2007 年第 3 期

时间如疾风般掠过，改版的《粤海风》已经在这个文化性艰难的世界上晃荡 10 年了。还记得 10 年前接手的时候，我们决定摈弃"雅俗共赏"的自我欺骗，直攀高处。经历过风雨，领略过阳光，如今以 10 载春秋为检验标尺，我们究竟离那不愿堕入的谷底有多远？

杂志是学术文化的最前沿阵地，但是编杂志的活儿在学术文化界总不入主流，即便在高校这样的学问单位。前些天遇见某杂志的老总，他主掌着一家影响甚好的学术期刊，却正为经费问题苦恼，说是半年前就应该发放的稿费至今尚无着落，而上级部门许诺的经费迟迟没有下来。事实上，除了那些有大旗做虎皮的期刊界霸主，中国的学术杂志大多绕不过经费问题的困扰，曾经喧嚣一时的"断奶说"表明了一种半遗弃的姿态。而我相信，弃儿是不会愿意担当责任的。

但是做杂志偏偏肩负着不易承受的沉重使命。正好也是在前些天，有一个学生问我：网络写作与出版纸质作品有什么不同？我告诉他：唯一的不同在于有没有"主编"。后者有我们这样的人存在，前者没有。时至今日，世界清平，说话、写文章的人意气风发、挥斥方遒，甚至口无遮拦。做杂志的人却被赋予小心维护阵地之职，战战兢兢，不敢稍有懈怠。网络写作力求突破一切屏障，杂志主编却端坐在风口上。这不但是时代的需要，也成为杂志存在的需要。

主编的风格决定了期刊的风格，或强直，或柔弱，或机巧，或稳健；或庸碌度日，自得其乐；或逢迎讨好，"朝扣富儿门，暮随肥马尘"。各种性格造成各种不同的结果，但惟有一条是共同的铁则，那就是：主编随时可以替换。铁打的营盘流水的兵，这在杂志体现得尤为明显。正因为如此，飘扬在营盘上的标帜常有变幻，不时可见祭出新的图腾。

做杂志当然也有一份乐趣。杂志是一个窗口，编杂志的人可以从中望见学术文化界的种种风景，有奇峰突起，有白云出岫。另一种更独特的观赏是——反复看你来我往争斗，再三读可有可无文章。岁月在不经意中或许铺垫起向上的台阶，或许发黄了昔日的梦想。

[另一种归属]

选自《粤海风》2007年第4期

十年过去,《粤海风》也算差强人意地留下了一行或深或浅的足迹。中国人有逢五小庆、逢十大庆的习俗,值此机会理当来点庆祝活动,热闹一番。尽管这种热闹常常只是虚张声势、哄哄自己,但是这年头已经很少有人敢于违背大众策略,敢于以文化的名义免俗。于是,在年头就早早萌生出了一系列 "策划":出两本文章选集,开一次研讨会,去报纸买半个版面,请些许官员、学者吆喝几声,抬举几句……这些都是学术界、期刊界司空见惯的手段,虽然没有什么新意,操作起来却也没有太大的难度。但是随着日子的一天天临近,兴趣却一天天减弱,以至完全消失。原因很简单:实在是费事,不愿意将精神和力气祭献给繁荣景象的特制工程。结果是没有任何声张,十周年的 "纪念" 就这样安安静静地过去了,《粤海风》淡淡地开始了它的第十一个年头。

或许这多少有点不合时宜。自20世纪80年代开始,社会心理日趋急迫,越来越信奉 "酒香也怕巷子深",越来越推崇文化的经纪和推销。"功夫在诗外" 被时代超越式发挥,演绎得淋漓尽致。一时间,"策划"、"包装" 作为时髦用语被社会百业所共用。就连 "粉墨登场" 这个成语也显得苍白无力了,悄然变更为 "闪亮登场"。"闪亮" 显然比 "粉墨" 更加强调视觉效果,更加奋力吸引眼球,因而渐占上风,大有进入社会用语主流之势。以 "闪亮" 为目的的研讨会由此盛行一时,大凡有了作品,或者找到了一个关于文化的口实,必然要组织个研讨会,甚至一定要努力把会办到北京去。这种研讨会一经泛滥,也就养育了一大批 "研讨会学者"。而任凭再有个性的学者,只要步入这个磁场,都难免被裹胁其中而顺着说话。流行音乐的排行榜更是给了文化以病毒性的启示,就连大学和学术期刊也在为排名、称号、评估忙得不亦乐乎。我们已经深深陷入了声名符号的崇拜以及对喧嚣热闹的狂热追逐。

其实,守着自己的两亩薄地,沉湎于春耕夏锄的劳作本身,满足于秋收冬种的悠然自得,是另一种社会需要的归属。

换帅

王朝的更迭、时代的推移、世风的起伏、市场的好恶，甚至政策的改变都在不断影响着报刊的浮沉。

[杂志精神靠什么延续]

选自《粤海风》2007年第5期

　　最近好些媒体关注《读书》的"换帅"，找了一些文化人出来评说。大多数出场者都含含糊糊，既不想说"弃将"的不是，更不愿意开罪尚未正式登场的"新帅"。这原本就是中国学人的风气，也是"换帅"的广泛学术基础。

　　前几年，颇有影响的《南方周末》也曾"换帅"。当时坊间曾流行一种说法：不是"新帅"某某弄死《南方周末》，就是《南方周末》弄死那个"新帅"。事实上，我们的"换帅"只不过当下体制和这个时代的产物而已。这种非白即黑的预测夸大了个人的作用，把报刊传统或所谓的"气场"看得太深厚，其实不能概括一张报纸的走向。还记得当年在现代人报社短暂工作过一段时间的事。那张报纸在改革开放之初曾经因富有锐气而名噪一时，有过一阵子辉煌，但是老总也有过与"换帅"有关的慨叹——他多次提醒我们说，不要忘记我们是小报，人家大报出了差池只是换个老总罢了，而事情出在我们身上就得关门啊！在这位非主流报刊的老总心目中，好像"换帅"还算得上是一种值得羡慕的奢侈。后来报社经营有方，得以建了楼，有了新的办公地点，且解决了一些员工的住房问题。这时的老总已经变得愈加注重报纸的生存问题了，不免有点沾沾自喜地说：我们是报纸平平，楼房高高呢。但是他没有想到的是，报纸最终还是关张了。那时我已经离开，个中原因不知就里，据说与吸纳境外投资有关，谁知道呢？反正总有市场之外的原因。

　　从严格意义上说，我们至今尚没有百年的大报大刊，因而也无法真正形成自己的报刊传统。王朝的更迭、时代的推移、世风的起伏、市场的好恶，甚至政策的改变都在不断影响着报刊的浮沉。有的权贵会在退休时把座椅搬到属下的报刊社，报刊的易帜自然在所难免。当然也有人总是在努力接续某种精神，比如在《观察》的后面曾经有过《新观察》，在《京报》的后面又有了《新京报》，至少在名称上维系着一种似是而非的价值认同。即使是《读书》，好像也由20世纪50年代的《读书月报》演化而来，几经兴废。做报刊的不容易人所共知，只是不少人依然在忙乎着，包括我们自己。

社会总是要不间断地冒出或推出新的兴奋点。近年来，关于文化遗产又成为我们时代的一个新的热门话题。"物质文化遗产"、"非物质文化遗产"等等名号流光溢彩，吸引了各级政府的眼球，很快就形成了有组织、有级别、有人员、有经费、有申报程序、有不同层次保护目录的盛大场面。其中最引人注目的亮点是"申遗"，各地组织了大量的人力物力，托举起一些重大沉实的"物质文化遗产"和"非物质文化遗产"，努力向世界性荣誉称号发起猛烈冲击。偏偏韩国人又在此间兴风作浪，居然敢于将端午节归为自己的非物质文化遗产，更是刺激了国人的神经，从而将"申遗"刷上了一层爱国的色彩。由于其中隐含的商业价值，"申遗"在民间、在一些有关的文化单位那里也受到关注和热捧，各种机构和各类活动应运而生。我也因之参加过好些次非物质文化遗产的调查、研究，并听取过好些地方关于非物质文化遗产保护情况的介绍和汇报。这些浮光掠影的调查、研究和有板有眼的介绍、汇报，让我深深体会到中国式行政运作的威力，也感受到夹杂其间的几分无奈。同所有的"中心工作"一样，文化遗产的调查和申报也形成了一整套划一的程序，在各种常规性的布置、统计、检查、评估的挤压下，毫不含糊地一直深入到县一级。中国的政府官员面对来自上级的言说一定是要"帮衬"的，于是大家不免煞费苦心地排查一番，如数家珍般将玉米糁子粥、豆腐乳、酱油等等的制作方法也列入了文化遗产的申报项目，也都按照统一的要求摄制了影像资料，循规蹈矩地分为"悠久历史"、"濒危状况"等章节。通过这样的忙碌，我们就在"申遗"的狂欢中完成了对于文化遗产的泛化和消解，而保护、理解、阐释、弘扬等有关文化遗产的题中之义却悄然地远远退到了我们的视野之外。

手段往往变成目的，虚假、空泛和形式主义借机而行。每当我们撒下一粒谷种，就要准备同时收获一把稗子。虚张声势，一哄而上，应付统计，表面文章——但愿这些中国文化中的"遗产"不被保护，不再流传。

陆

[不得不"申遗"]

选自《粤海风》2007年第6期

广东省文学艺术界联合会主办

文化批评杂志

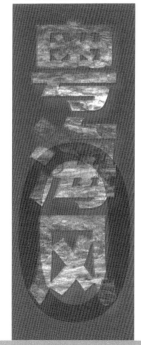

ISSN 1006-7183

9 771006 718008

2008年 第 2 期 新编65期

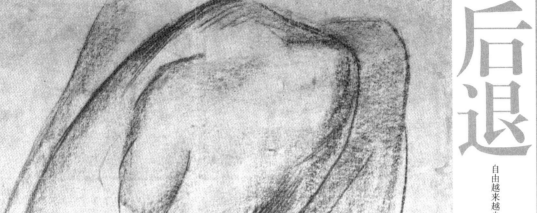

后退

自由越来越少，个性越来越弱，本能纷纷向社会缴械投降。

[我们的前进和后退]

选自《粤海风》2008 年第 1 期

今天我们的感觉似乎越来越迟钝，越来越陷落于外界的左右之中，凡事需要外来的提醒，甚至要由外在的标准作出安排。比如早上醒来，许多人已经不再是以精神的饱满与否来衡量昨夜的睡眠，而是以钟表的刻度来确认睡眠的满意度。要是睡眠的时间没有达到理想的通行准则，无论自己如何地朝气蓬勃，都不免从心底泛起一丝沮丧，染上些微消沉。又比如穿戴的时候，许多人已经粗糙了对冷暖的感受，失去了对自己身体的应有自信，却习惯凭天气预报或者通过一支简陋的温度计来决定衣服的增减。在高速路上，我们只认得路牌而不认得路。许多人的脑海里已经丧失了电话号码的记忆功能，所有的关于电话号码的记忆都交付给了自己的手机，通讯反而被手机掌控。在这样的环境影响下，我们的生活越来越习惯和依赖一大堆来自外部的指令。"使用指南"之类的附加物应运而生，触角涉及生活的方方面面，已然成为这个时代维系社会运转的不可或缺的链条。随着消费品的日益丰富和升级换代，产品的说明书越来越厚，内容越来越详细，就连有的大米也在包装袋上以非常负责、周到的态度注明：煮熟了吃。或许在不久的将来，我们的口感和味觉真会失却辨别能力，需要通过说明书才知道大米不可以生吃？

现代商业社会的特点就是温柔地操纵你的感觉、你的标准，打着帮你打理、为你服务的旗号，偷偷将铁箍套在你的头上，然后在紧箍咒的威慑下，让你的某些能力、某种热情、某类幸福感悄悄地退化以至消亡。自由越来越少，个性越来越弱，本能纷纷向社会缴械投降。这种退让尤其体现在精神文化层面，比如我们的创作遵循受众最大化的原则，虽然满足了经济社会的规矩，但是遗失了"我手写我心"的本真乐趣。比如以数量衡量科研成果，虽然有了可操作性，却没有了学术应有的从容。比如我们的各种评估，游戏规则粗暴地凌驾于一切之上。我们不停地制造标准，但是每一步前进却也成为另一种后退了。

解放

我们需要明确：解放思想的含义和对象究竟是什么？

[真理与解放]

选自《粤海风》2008年第2期

　　我记得小时候曾经听父亲说起他年轻时候的事情，有一次他搭乘的汽车因为带有电影拷贝，路上冒烟起火。于是在很长一段时间里，我一直认为电影胶片是危险的易燃物品。其实在我的时代，电影胶片早就不再易燃，同火柴一样安全系数已经非常之高了。这是知识的代代相传造成的经验主义误区。也记得读小学的时候，课本里有一篇文章说，抗战期间蒋介石不抗日，跑到峨眉山上躲了起来，抗战胜利之后才从山上下来抢摘桃子。于是我一直认为"国军"从来没有跟日寇交手，只是一个望风而逃的角色。但是如今大家都知道了，"中国军队"一直坚持在正面战场抗击日本侵略者。这是现实需要与史实冲突造成的误区。还记得一位药物研究人员告诉我，麝香对孕妇无害，但是因为中国人的原则是宁可信其有而不愿信其无，研究机构便懒得公开这样的结论，所以麝香一如既往地作为民间的生育禁忌。这是科学届从人意造成的误区。我们的生活中有太多模模糊糊的道理以至"真理"，我们生活其间而受其左右和指引，忘记了许多"真理"也有时空与人事的局限，甚至暗含着有意无意的欺瞒。我们并非不知道这种状态，并非不知道它对我们的影响及危害。在"指导我们思想的理论基础"这样的根本性支点上，我们曾声称要对"修正"、"阉割"保持高度警惕，也曾提倡读经典作品、读原著。但是从一二百年前的著作中为今天的事物寻找直接、具体答案本已不易，而主张、主持读经典和原著的人却又怀着先入为主的眼光，按照自己的意愿和需要来选定经典和原著，依然逃不出"六经注我"的窠臼。

　　当我们再次着力吹响解放思想的号角之际，我们需要明确：解放思想的含义和对象究竟是什么？思想解放不应当只是某种方针政策的修改，更不应当只是一种姿态和口号，它应该是某种精神的张扬和鼓励，是某种氛围的营造，是挑战经典，挑战规则，挑战习惯和集体无意识，挑战那些模模糊糊却一直沿袭着的"真理"。

祈愿 逝者安息，生者坚强

图／文：潘英伟

纪念 5:12 汶川大地震：北京时间 2008 年 5 月 12 日 14 时 28 分 04 秒，北纬 31 度，东经 103.4 度，地震震级 8 级。

[生命的尊严]

选自《粤海风》2008 年第 3 期

这是一篇在杂志开印之际才赶写出来的小文。关于四川省汶川县的强烈地震，我总觉得除了哀悼、捐助之外，还应该说上点什么，所以就在悼念的汽笛声中把原先已经写好的这一期卷首语撤了下来，挤出一点版面空间用以表达对灾难的沉痛以及对殉难者的哀思，还有随之浮泛的思考。巨大的灾难之所以带给我们巨大的打击和悲痛，主要是因为它对众多生命的疯狂吞噬，所以救灾的首要任务就是援救生命。当我们的救援人员全力以赴在废墟中急切寻找所有生命迹象的时候，全中国人民的心里都充满了感动。但是我们同时深深知道，援救生命并不只是从瓦砾堆里扒拉出那些幸存者，它有更为宽广的外延和更为深刻的内涵。我们还需要更广泛的关注，还需要更加的宅心仁厚。与 30 多年前的唐山大地震相比，我们面对汶川地震这样的大灾难似乎有了更立体的感受，对生命的意义和尊严有了更全面和更进步的理解。比如我们开始更为及时地对灾情作出详尽报道而不再闪烁其词，能够将灾情作为主要报道对象而不再使其沦为施救者喧宾夺主的陪衬，无论它死者还是生者而言，这都是对生命的尊重；比如我们开始主动欢迎国际社会的援助而不再是关起门来自救，扩充了陷于逼仄的希望，这也是对生命的尊重；比如我们能够细微关切受灾百姓的心理创伤，甚至罗列出温文、适用的劝慰语公之于众，这同样是对生命的尊重。还有那第一次为普通百姓半降的国旗，也在标示着尊重生命的姿态。灾难是一道坎，阻挡甚或截断了人们的希望，同时却也在激励着生命的火花，用它的震撼力量动摇、改变着旧有的观念格局。没有任何理由可以藐视生命，不管以什么样的堂皇借口，都不能忘记生命的尊严。

中国古代就有"民为贵，社稷次之，君为轻"的传统，我们近年来也常常把"以人为本"挂在嘴上。前些日子大谈思想解放，有学者出于对 GDP 崇拜的忧虑，建议将"以经济建设为中心"改为"以人为中心"，但是却受到了某种批评。如今，地震的灾难尚未完全过去，但愿关于生命尊严的话题由此不歇延续……

[形式的迷障]

选自《粤海风》2008年第4期

由于关注中国申报世界文化遗产的项目，不免关心排在申报行列中的五台山。五月的五台山上依然有积雪，大片的落叶松披着黛色默默地伫立在山坡上，还在苦苦等候春的指令。但是寺庙的香火却是温暖的，充满了世俗的情怀。游客摩肩接踵，熙熙攘攘。有一座大殿外头守着一个和尚，反反复复数着手中的一叠百元大钞，或许是向过往的人传递着某种暗示。传统的香客不多见，大多游客只是"随喜"而点上一支香，树下、石头缝里都会有人随手插上一支。自然也有不少人藏掖着具体而直接的心理诉求，他们甚至来自数千里之外，专程乘现代化的交通工具匆匆而来，匆匆而去，手中的香不是敬佛而是求财。这样的执著，不知是否与佛的精神契合？在与尘世的链接中，一些时兴和讲究也在佛门有了意义。许多人就为了夺得一份"头彩"，半夜里起身赶到庙里去，想在晨早钟声的缭绕里争上第一炷香。

对于这些年来寺庙的再一次历史性兴盛，中国人并没有充分的哲学和思想准备。千千万万的游客只是为了"到此一游"而东奔西走，他们要的只是几张照片，并不在意有所看、有所思。"五台山上白云浮，云散台空境自幽。"恬静、空灵、散淡、冲和，还有慰藉和安抚，这些有关人生境界的话题无法在喧闹中展开和凝聚，当然更谈不上领悟佛学和参透禅机。寺庙已经从属于旅游，文化退居次要。正如纪伯伦所说："我们已经走得太远，以致忘记了为何出发。"宾馆帮我们请的导游，一个自称读了旅游专科学校的女青年，指着一块碑煞有其事地告诉我们："这块碑'文化大革命'的时候被红卫兵砸坏了，我们现在看到的，是后来明朝的明成祖修复的。"这样的颠倒混乱或许就是我们常常本末倒置的象征？

我们生活在形式当中，为形式所累。宗教的庄严已经大为消解，宗教的力量在很多人那里似乎也只是作为一种形式存在。其实又何止宗教，我们举办的许许多多神圣活动早已经异化，失去了初始意义。我们堂皇的学问同样是形式大于内容。不同的是，宗教的形式化可以上升为典礼，而学问的形式化却是一种堕落。

风之陌
FENGZHIMO

阿陆
FULU

FengZHiSHou

[知识分子在时代大潮中的定位]

或许这是一个困扰了许多知识分子的话题。

当自认为学富五车，怀揣荆山之玉的知识分子站在不舍昼夜的时代大潮跟前时，那指点江山的高远之志总不免直面关于社会定位的人生挑战。

特别是在社会转型期，在新旧时代交替之际，在价值观、道德观、人生观受到历史长河的又一次洗礼时，这种挑战愈显得突出。

于是，在知识分子的思考轨迹上，有首鼠两端的痛苦，也有豁然开朗的释然；有步履蹒跚的浮躁，也有义无反顾的坚定。

这是对社会，对内心的审视，是对两者交汇点的寻找。它简洁地勾勒出知识分子的心态，也折射着时代的蕴涵。

一、中心还是边缘

"中心"还是"边缘"这样一个话题几乎是某些人文学科知识分子的专利。当下，除此之外的广大知识分子，早已经在时代的广阔原野上，以聪明才智营建了自己事业的"中心"。

如果说，人文学科的知识分子应当更多地承担社会守望者的职责，而其他知识分子则应当更多地直接肩起托举社会经济发展的任务，那么，我们不应当忘记的是，作为一个知识分子，不论处身于哪一学科领域，都应当自觉成为一个社会前进的推动者。

现在的问题是，有一种时髦是为"边缘"而边缘，为了显示知识分子的卓然独立，对时代潮流百般挑剔，对大众走向嗤之以鼻。

关于"边缘"的概念，本来是指知识分子为了保持独立见解，摆脱身在此山中的境界，在一定距离之外冷静观察社会，执行社会批判功能。但是在一些人那里，"边缘"却成了无法跟上社会前进步伐的写照，成了一种"遗老遗少"心境的托词。

20世纪80年代开始，中国社会迅速由农业文明向工业文明迈进，我们的面前展现了一片广阔的文化新视野。由于急转弯，有一些人必然地被离心力甩出了原有的轨道，于是，就以"边缘"之说来掩饰自己的失落和黯淡之心。

每一个时代都有自己的旗号，自己的战歌。当今的中国，经济建设成为一大主题。围绕着这一主题，社会的多棱镜不断地变幻，社会的改革不断地走向深入。从人类社会走过的路我们可以看到，当一种文明向另一种新的文明形态过渡时，总有一些精神贵族与社会发展的潮流相悖。受原先那种文明形态浸淫愈深者，所体现出来的相悖就愈为强烈，愈为痛苦。

近十几年来，社会走过的每一步都要经过一番激烈的心灵搏杀。不论是对商业文化的鄙薄、对大众心态的白眼，还是对南方沿海新文化景观的批判，都是这种心灵搏杀的体现。有人对于现代社会发展的反感，甚至达到了厌恶霓虹灯而崇尚萤火虫的地步。

脱离中心并不就意味立于守望者的边缘。守望，也是随着中心前移的，而沉迷在忆旧或与时代中心的抵触中，则只能是一个历史的滞后者。

知识分子是社会的良心，也是时代的号角，岂可远离社会和时代的中心？

二、经世致用还是孤芳自赏

中国的知识分子自古就有入世和出世两种。入世的知识分子强调经世致用；出世的知识分子喜欢归隐山林。

"入世"应当是中国知识分子的主流文化，是儒家的传统，也是我们的民族精神。

"出世"的知识分子却复杂许多，其中还包括不少以"出世"求"入世"的人，他们归隐山林为的是沽名钓誉以求终南捷径，期望有朝一日得到社会的招手，即"仰天大笑出门去"，大声宣称"吾辈岂是蓬蒿人"。在他们羡慕清风白云的诗篇中，实际上满含着怀才不遇渴望一伸壮志的幽思。

在 20 世纪末，中国社会已经跟随世界潮流日益走向现代化，知识分子的生存方式也早已在历史前进中摒弃了归隐山林的可能。即从现代教育的角度看，学成而归隐也显然是一种不道德和不负责任的行为。所以，经世致用实际上已成为必然的选择。

但是，中国知识分子在精神传统上的"出世"依然在延续，所谓"穷则独善其身"已成为一个自我慰藉的避风港湾。在今天，在现代社会中，"出世"已成为一种心理倾向而不再是一种现实的行为。这种心理倾向体现为对社会的发展和时代的前进格格不入，因而封闭自己。

经世致用则是一种积极向上的精神，也是一种努力进取的价值取向。所谓"摸着石头过河"、"看见红灯绕道走"，所谓"跳槽"、"炒更"之类，都是经世致用的当代版。

社会正在飞速发展，新学科及由学科交叉而生的边缘学科如雨后春笋，工程师知识的半衰期已经缩短至五年，以社会发展和科技进步为基础的社会科学也不断地展示新的风貌。在这样一种时代大背景下，孤芳自赏或待价而沽已经没有意义，只能换来社会的遗忘。

80 年代，曾有人有感于知识分子的进退失据，提出了"知识分子自救"的口号。且不论这个口号的概括本身是否准确，但它确实体现了知识分子急欲向社会的深度和广度进军的心情。那是经世致用思想的一次激发。

在 20 世纪末的中国，有两种人的形象发生了巨大变化：一是农民，那种破衣旧帽、土里土气、口袋里没有两个钱，进到城里什么都感到新鲜的旧式农民形象已经有了根本性的改观。有的时候或者在有的事情上，农民比城里人还更"洋气"、"牛气"。另一种人则是知识分子了。中国文学作品中的知识分子曾经是那样的瘦削、苍白，说起话来总是嗫嚅而底气不足，口袋里同样也是没几个钱。但是现在的知识分子已经开始变得器宇轩昂。所谓"拿手术刀的不如拿剃头刀的，搞导弹的不如卖茶叶蛋的"，早已成为历史陈迹。

如果说农民形象的改变更多地体现在物质世界，知识分子形象的改变则尤为显示在精神的一面。如今，社会的发展为知识的介入提供了宽阔的舞台，知识正在社会的一切领域发挥着巨大而具决定性的作用。知识分子拥有多种渠道与社会经济的发展形成沟通和同构，在时代大潮面前做出矜持状又有什么意义呢？

"天生我材必有用"、"直挂云帆济沧海"这样一种满怀理想和信心的气魄一直是中国知识分子的内心崇尚。画地为牢，窃窃于一隅、戚戚于一隅，显然没有这样飞扬的神采，永远达不到这种境界。

三、独立还是媚俗

独立，也即不为附庸。在知识分子的词典里，"独立"就是不作政治的附庸，不作经济的附庸，不作主流文化的附庸，更不作大众的附庸。

近年来，尤为敏感和流行的话题是关于大众和大众文化的态度。张承志更是作为一面反对"世俗"的大旗，横扫六合，唯我独尊，将对大众的蔑视推到了极致。

自从我们引进昆德拉以来，"媚俗"一词就越来越频繁地进入我们的话语系统，成为我们抨击许多有关大众的文化现象的子弹。但是在伟大的昆德拉那里，"媚俗"是人类境况的一个组成部分，植根于人性之中，他关于"媚俗"的思考是在哲学层次，并不简单的是一种扬此抑彼的批判武器。据我认为，也不用于阐述知识分子与大众的关系，因为"俗"与"不俗"并不构成是否知识分子的分水岭。

其实，在以大众的对立面自居也成为某种模式、某种时尚时，某些人在高扬反对媚俗的旗号时也同样在追求媚俗的效果。张承志不也以他的极端、以他的"独醒"姿态换取了不少欢呼和奖项吗？在他的出版物里，有时候，姿态的意义远远大于其文化建设或文化批评的意义。只要会留心公众的存在，就不免一不小心"媚俗"了一回。

文化的发展和积淀与大众的倾向密切不可分。在大众的选择下，历史常常会给我们开一些玩笑：正统文化或经典文化所极力推崇的文化形式或产品，虽然头戴光晕，却成为历史的过眼烟云，而一些初初不登大雅之堂的东西，如词曲、小说等，却在市井村间获得广泛生命力。尽管当时的一些大家为之所吸引，却又在把玩和参与的同时将之列为旁骛、小技，它们却最终成为中华文化的瑰宝源远流长。

在今天，地球恍如一个村子，社会各部分各层面的相互依存以及人类精神世界的开放和沟通成为不可逆转的潮流。文化人已经越来越不可能离开大众。文化产品与受众的紧密关系已成铁的事实。诸如出版、影视等体现知识分子价值的载体注定了要受大众的检验。任何高高在上，拒人以千里之外的行为，只不过是精神的自慰而已。

诚然，知识分子应当成为大众的引路人，应当提升大众的情操，但是那种君临大众、漠视大众、言及大众即斥之为"俗"的人，显然是担当不了引导和提升大众责任的。因为真正的精神领袖决不会远离大众，他站在大众之前作牵引而决不是躲在一侧嘲讽大众。

说"他人即是地狱"的萨特生前死后都受到人们的尊重和拥戴；画风怪异多变的毕加索能够在生前影响着一代画风。这是值得文化人深思的。凡·高的作品在作者死后100年被拍到所谓"天价"，并不能简单从凡·高是否合时宜去解释。其实，如今从炒卖凡·高中获利和拥有凡·高作品的人，又何尝不是"俗"人？以文化人的眼光去分析，恐怕还是大俗之人。如果生前潦倒的凡·高其心理指向是拒绝大众，那么今日的情状岂不是一出生命的悲剧？

媚俗作为一种不良心态，其"命门"在于"媚"。但是因反对媚俗而言及大众即退避三舍，却也是一种畸形，是在以"独立"掩盖自己的浅薄和无为。走在大众前头的人必然渴望千方百计地打开与大众的沟通之门，只有滞后者才关闭自己，作出与大众保留距离的姿态。

四、唱挽曲还是发浩歌

社会每向前推移一步，都会带来一轮新的整合分化和重组，调整、改变着原先的格局。社会的各个层面都能从中感受一种振荡。

文化的状况也同样。

以长篇小说为例。五六十年代，我们每年出版几十部长篇小说，那时还觉得不够，希望快步繁荣长篇小说的创作。如今我们每年出版三五百部，却又因其"多"而受到质疑。这其中凸现的，既是对文学创作状况的关注，也是一种文坛霸主的没落的心态。

中央电视台曾组织知名作家、评论家、出版者谈长篇小说，好些人在发言中一再认为，我们每年出的几百部长篇小说中只有五六部是好的，大多数只是浪费纸张，对青少年有百害而无一利，呼吁改变这种状况。节目主持人亦为之惊呼：读十本书才能读到一本有用的！诚然，长篇小说创作鱼龙混杂，但这应当属于一种正常的现象，因为社会文化产品应当是多种层次的组合，永远不可能件件"精品"，否则，我们又会回到八亿人民八出戏的年代。何况，只有"五六部可读"这样一种评判又是以哪家的标准和分析方法得出来的呢？

综观历史我们可以发现，每当文化蓬勃发展并注入新质之际，总会出现两种现象：一是种种不成熟、偏激甚至伪劣随大潮汹涌而来；一是原先文化大帐中的一些宿将总要出来对蜂拥而至的新人新东西大声呵责一番。前者是作为新秩序前奏的一轮不可避免甚至不可或缺的无序，后者却是一曲无可奈何的挽歌。

尽管我们需要提高长篇小说创作的整体水平，但它应当是通过作者素质、读者口味、出版规范等途径去实现。文化人的主要任务是为社会提供更多的优秀文化产品，何苦花那么多精力来打扫神坛、清理门户，搞一个寂寞的势力范围呢？

幸而文化的发展有其自身的规律，尤其在市场经济逐步发育的今天。所以，独擅文坛而不得的幽怨只能是挽曲而已。

但是，这种心态却影响着知识分子的站位。延伸而去，就助长了时下流行的不做建设者而做旁观者、挑剔者的风气。当然，只做旁观者，你的领域更将日益缩小，于是进一步强化了失落之感，最终陷入恶性循环不可自拔。

在如今的知识分子群体中还有一种二律背反现象：

一方面，在时代的新格局中获得了巨大的新活力；另一方面，却又对新格局及其形成过程表示出种种不屑。有人认为：知识分子应当主要反映黑暗、愚昧、落后、贫困，因而，他们的笔墨不随社会前移，沉湎于没有亮色的背景之中。这种情调和二律背反现象或许是一种过渡，将随着新文化形态的定型而消失。

当社会走向一个新的世纪之际，知识分子的境遇正在逐渐改变，话语系统的选择也在增大自由度。在作文化定位的时候，各种力量的挤压也不再具致命的强度。因此，我们理当正视自己的内心，不抱某些不必要的情绪，也不自暴自弃，更不需要受某种固定模式的束缚。

面对一泻千里的时代大潮，知识分子应当摈弃守旧之心，随着历史前进。所不变的不是观念和成规，而是真诚、热情、勇气和坚贞。

选自《粤海风》1997 年第 10 期

作者原署笔名：徐亦成

光忽略的
就成了黑暗
黑暗托出的
却沐浴了光明

图：H.H.Richardson　文：徐南铁
选自《粤海风》1997 年第 8 期

弯曲是延长的生命
间隔是凝练的风情
沿蔓蔓丝弦
叩响一串鼓音

图：Kyoto　文：徐南铁
选自《粤海风》1997 年第 10 期

你不感到孤独
你依然感到孤独
任何一块阴影
都是阳光自留的园圃

图：G.E.Kidder Smith　文：徐南铁
选自《粤海风》1997 年第 12 期

[失落的回顾]

人类是在历史和现实两极之间徘徊的两难动物。

社会每前进一步，我们得到一些新东西的同时，也失去了一些旧的东西。偏偏新东西总伴随着初始的不成熟、不完善，而旧东西却又浸透了我们因熟稔而氤氲的亲切。所以，我们在探讨未来之路时，总是频频回头，犹豫再三，甚至回返往复，进两步退一步。

去年曾经作兴了一阵穿80年代的喇叭裤，今年有的饭店竟然把服务员称为"店小二"，把钱叫做"银子"。这里面自然有商业因素，也有寻新路而不得的焦虑。但其中包含着依恋旧物，想从逝去的事物中寻找慰藉的心理终是不可怀疑的。这种心理大而化之去看，则有新儒学的兴起，就连现代企业管理也试图从儒学中寻找制胜法宝。如果几千年前的孔孟即已达到俯瞰整条历史长河的高度，后人只是周而复始地以生命去诠释、印证他们，那么，这千千万万的生命又有什么意义呢？可是，社会的发展和时代的前进永远与这种回望相依存。

只不过，文化的推移有它自己的轨迹。它的容量仿佛是一个常数，每吸纳或派生一种新质，同时就要清除相应的旧质。这似乎是不可抗拒的铁则。

在生活中，我们常常能听到"救救……"的呼声，听到"振兴……"的豪言，但是任何生命没有青春不老药。

中国的书法是一个例子。在电脑铺天盖地而来之前，书法的发展已呈颓势。面对怀里揣着不止一支钢笔的学生，教书法的老师勉为其难地讲书法的作用：至少，钢笔不能写大字吧？可是，曾几何时，电脑粉墨登场，那家伙居然也能"写"大字！十几年前，刻蜡纸还是一门技巧，现在，又有谁还记得起它？

诗歌在现代生活中的领地日益缩小也是不争之论。或许，诗情将潜移默化地散布到我们生活的每个角落里，但是诗的形式将越来越贵族化，或者深深陷入自娱自乐的小胡同。

可是，任何事物的衰微都有人唱挽歌。禁放鞭炮，有人叹喟中国将没有"年"的气息；在戏剧里增加点现代表现手法，有人即斥之为"不正宗"；语言里吸收外来语成分，就有人要"保卫"语言的"纯洁"；城市建设要拆些老房子，也有人痛心疾首，奔走呼号。

其实，我们今天的戏剧是在更古老的戏剧基础上改造而形成的，我们今天的老房子是前人拆了更老的房子才盖起来的。

也许我们没有必要在这些具体的事物上太多周旋，因为脱离了个案，撇开了该把握的"度"，我们就会陷入一种永无答案而只有争辩快感和过程的境地。中央电视台的王牌节目《实话实说》之类，就很乖巧地做成两种意见的汇展，是非常典型的"侃一侃"而已。

值得我们探究的是，当作为某种文化的表征的许多事物默默退入历史的幕后时，文化精神及文化人的心态正在发生什么样的演变？

随着田园风光的绿梦被现代工业剪碎后重新拼装，随着中国传统士大夫的幽雅、闲适被现代节奏搅乱，那种延续千年的古风受到了挑战。不管是"闲坐小窗读周易"的情状，还是"又得浮生半日闲"的心境，都已经不属于今天。

可是在我们心灵的某一个角落，还藏着对旧时的眷恋。于是，许多人的人生轨迹与现代社会的交叉处，就生出种种困惑，面临着重重抉择。

首先是一个站位的问题。

如果有许多人站出来反复探讨、论述这个问题，就证明了精神上的流离失所已成为一种流行症状。

知识分子在任何时代都有一种强烈的使命感，但是，哪一种知识分子才能真正发挥积极作用呢？历史的发展和社会的变迁已经决定了它是以是否具有现代意识构成分野。

随着小农经济架构的粉碎以及信息社会的到来，只求个人完善已经不再是时代的需要。在今天，仍含有强烈中国古代士大夫情结及审美情趣的人，不免与社会有许多格格不入之处。

中国古代的社会政治框架里，知识分子常常担任"清议"的角色，如今许多人津津乐道的"边缘"意识或许与之一脉相承。只不过当今的时代越来越重视推动社会的实际效果，甘于"清议"就必然得甘于寂寞。

我们的问题常常出在这样一个二律背反之中，即我们许多知识分子鄙视社会的和大众的流向，却又对社会和大众所给予的冷落深感愤懑。

我们已经走到 21 世纪的边缘，作为现代知识分子这样一个社会层面，从世界范畴看已经非常成熟。如果我们不将知识分子这一概念仅仅囿于学术界，甚至仅仅囿于人文学科，我们就会发现知识分子的作用已经深深地渗入到社会发展的每一个细部。

政界和企业界里，如今有大量的堪称一流的知识分子发挥着积极作用，新闻、出版等媒体更是知识分子密度极高的单位。大多时候，在企业或媒体中的知识分子似乎在为社会集团利益服务，而不像学术圈那么单纯的坐而论道，但是从某种角度看，他们所体现的人文关怀甚至比学术界更为强烈。

当代的知识分子应当关心政治，参与社会，具有敏感的文化触觉和深度。如果我们能在这些方面达成共识，我们就能体会到，建立在旧时代理念上的知识分子作用观于当下社会是无效的。传统意义上的知识分子今天已不复存在，远离社会发展进程的知识分子无法面对 21 世纪。

但是，传统总是沉甸甸地积淀于我们的集体无意识之中，它的嬗变总是慢于社会变化的脚步。比如我们的文学作品，千百年来推崇杜甫的"三吏"、"三别"，号召写民间的疾苦，发展到极致，则是视清新欢快为粉饰太平，无法把握生活中奋进的一面，无法感受人生中激昂的一面。我们写英雄人物，也就更多渲染他无奈的一面，悲壮的一面，甚至是失败的、不被理解的一面，而没有发掘英雄人物呼风唤雨、稳操胜券的雄强内心世界和大气磅礴的时代命运。

社会已经脱离了那种让人退避一隅反复咀嚼一己悲欢的轨道，人们在快节奏的运转中不断寻找人生新的增长点。名人传记和关于成功人士的书籍大行其道成为出版界的热点，虽然它注定要被深奥的学界人士斥为浅薄，但却透视了我们时代的心理倾向和追求。与此同时，我们不少文艺作品却视写英雄、写成功为缺乏深度，儿女情长、英雄气短或者笼罩在失败、悲愤气氛中的英雄命运似乎才是文学艺术的真谛。这其实只不过是滞留在原先文艺标准而未随社会前进的心理表现而已。

社会的变迁与人的现代化是我们面临的重要课题。时代的长河总是滔滔汩汩前进，我们将怎样随着时代前行？

自然科学的发展主要是线性的，一个新的发现和一个新的定理意味着对旧的公式旧的定理的否定或修正。但在社会科学领域，发展的方式更多是累积性的，亚里士多德迄今于我们仍不无意义，孔孟之道仍然反复被学人提及甚至呼吁再度张扬。正因为如此，我们常常在社会科学领域痛苦地辗转，而时代的每一步前进，都要伴生失落的惆怅。

工业的挺进带来环境的恶化，社会的沟通造成个人空间的缩小，经济的发展迫使人文显出窘迫。人类就在这种得失之间徘徊、争执、推搡、牵扯。奋进之歌和悼亡之曲交织，前瞻和回望的眼光互相牵制。

但是，人类社会由农业文明向现代工业文明演变的大趋势是不可更改的。对于这种转型过程中的失落，或者作为一种任何人无回天之力的必然而怅然望之东去，或者设法在前进中予以淡化并寻求新的补偿。如果满怀依恋过去之情而漠视甚至反感历史的动态，那就背离了时代的走向，只能沉浸在失落的回顾之中。

选自《粤海风》1997 年第 12 期
作者原署笔名：石玉流

你沉睡于昨日之梦
我已默默走向远方
晨曦牵引着我的脚步
却吻不着心中的忧伤

图：G.E.Kidder Smith　文：徐南铁
选自《粤海风》1998年第1-2期

厚重永远属于背景
奔流终将归于平息
只有脆弱生命
给了阳光意义

图：G.E.Kidder Smith　文：徐南铁
选自《粤海风》1998年第3-4期

夕阳总是那么惆怅
晚风怀着不尽的遐想
踏上漫漫归途
何处是心的故乡

图：Hong Trong Mau　文：徐南铁
选自《粤海风》1998年第5-6期

[平民意识和商业因素：报刊新的增长点]

　　报刊由于寻找最大限度的观众，因而需要平民意识；由于其运作机制类同企业，因而包含商业因素。这两点在现代社会当为不争之论。只不过中国曾经搞"政治统帅一切"，曾经使报刊疏离大众，曾经让人们耻于言钱，故将这两点淡化到几近于无。

　　当前，中国社会正随着市场经济体系的发展逐渐形成与之较相适应的社会运作机制。报刊也在快速发展中寻找新的定位，平民意识和商业因素重新浮出水面，成为报刊发展新的增长点。这种现象，在沿海经济发达地区，比如广东，表现得非常明显。

一

　　平民意识是一个容易引起概念争论的词。其实，平民意识也就是大众意识，只不过我们所有的时代、所有的报刊都或真或假地声称自己是为大众服务的，反而使"大众意识"这样的词无法成为我们划分某种事物的标准。

　　报刊的平民意识体现在尽可能地满足老百姓的需要。

　　如今我们的报刊纷纷将触角伸入平民百姓的世俗生活，几乎到了无微不至的地步。比如《羊城晚报》，就辟有理财、楼市、阅读、视听、集邮、收藏、美食、装修、车友、电脑及游戏等众多彩色专版，从各方面渗入平民世界，被评说为"教你怎样赚钱，也教你怎样花钱"。

　　但是，平民百姓对报刊的需求并不仅仅是愉悦，也不仅仅是教育，最主要的当然是最大限度地真实了解这个世界发生的一切。所以报刊乃至一切传媒的焦点、热点报道最受欢迎。这正是报刊的最主要职能。只不过偏偏在这项主要职能上，我们的报刊常常未能较好地满足社会的需要，对许多民众关心的事未尽其能，没有多层面多角度地予以快速报道。

　　广东报刊在这方面做出了一些新尝试，最近一个较明显的例证就是关于香港回归的报道。

　　香港回归举世瞩目，世界各地派出 8400 余名记者奔赴香港，作交接仪式及回归庆典的现场报道。这个事件对于中国更是意义重大，理当成为报刊的盛大节日。在此我们选择 7 月 1 日的各地报纸作一个比较。

　　该日的《北京晚报》为 4 开 16 版。广告、连载等占 3 个版。余下的 13 个版里，除了对天安门欢庆场面的报道之外，其余几乎都是新华社稿。

　　该日的上海《文汇报》关于香港的报道也以新华社稿为主，但有一篇"本报香港讯"。此外，关于北京、天津、重庆、南京、广州、深圳、东莞等地的欢庆场面报道，均由该报记者自己采写。

　　而在广东，这一天真正成了报刊的盛大节日。《羊城晚报》出了 28 个版。在从香港发回的有关交接的57篇(幅)文字和图片报道中,新华社编发的为28篇(幅),该报记者自己采写或拍摄的却达到29篇(幅)。有一些报道,如与一位英军士兵的对话、零时出生的3名香港婴儿、驻港部队的薪酬等,在满足市民心理方面起了很大作用。因此,该日街头出现排长龙购买《羊城晚报》的情景,报社只好加印两次该日的报纸来满足读者的需要。

大多数广东的报刊都加入了这场新闻的"世纪之战"。不论是《黄金时代》这样的"软性"刊物,还是《支部生活》这种"刚性"刊物,都编发了回归专辑。深圳的《街道》杂志则独辟视角,策划了一个大专题:回归,为偷渡香港划上句号? 但是在这一番各显神通的大展示中,最为突出的算是《广州日报》。7月1日,该报分早、中、晚三次创纪录地共出版报纸97版,围绕香港回归大做文章。这么大的容量,自然为"官方"的报道作了许多补充。比如说,中央电视台的镜头对准不列颠尼亚号游船,准备拍摄彭定康黯然离去的镜头,却又因彭定康久久地与送行者吻别不入镜,只好虎头蛇尾地转拍其他时,《广州日报》记者拍摄的彭定康三千金在游船前掩面而泣的照片,就对这一空白作了有力补充。尽管广东报刊在这场新闻大战中或不免假别人之手为己所用,但它的效果终归是显然的。这种报道的多元状态,正是平民百姓的希望。

非平民阶层的人是不屑于从报纸上寻找花边新闻的,他们有种种其他渠道。但是老百姓却渴望知道得越多越好,既满足了解世事的心理,又可作街谈巷议之资。广东的报刊深得其中三昧。好些报刊明明知道无法获得进入交接仪式现场的记者证,依然花钱派出许多记者在会场外围转悠,进行间接采访,以至于有笑话说,回归的那一夜,香港满街都是内地的记者,大多讲广东话。至于《广州日报》有意单面印一张铜版纸彩图以使该日报纸版数逢单,合"97"这一数字,其本身就是迎合世俗心理的一种表现。

事实证明,广东报刊这种依靠自身力量近身紧逼式采写稿件的方法卓有成效,获得了广大市民的认同。香港交接仪式举行一周之后,7月1日的《广州日报》重印一次,依然风行广州街头,原本1.50元的报纸甚至被有些报贩哄抬到20元一份。如果《广州日报》仅仅刊发新华社电讯,这种"收藏热"是难以想像的。

其实,广东报刊这种还报刊予平民的价值取向早在80年代末90年代初就已见端倪。比如逢北京召开"两会",广东派出的记者军团总是最庞大的,因而采写编发的信息量也最大;比如奥运会期间,《南方周末》改周报为日报,扩展了容量,也提高了时效;比如海湾战争凌晨打响,《羊城晚报》即出早报,以避免晚报的时间差。这些做法,都是一种新报刊精神的觉醒。至于《南方日报》扩版时开辟的"献计"专栏、《深圳商报》曾开展的"假如我当总编辑"征文活动之类,更是直接体现了向平民意识靠拢的姿态。

广东的期刊除了视点的选择外,更以各种社会活动去贴近平民百姓。这方面的高手如《南风窗》及《家庭》等,它们主办的"广州十大杰出公仆评选"、"全国美好家庭评选"等,给广大市民留下了长久的深刻印象。

报刊界向有"读者意识"一说。但"读者意识"实在太笼统,有时候又只专注于文字语气之类。平民意识则面对着那些以报刊作为了解社会的主要工具之一的大众。他们也许是芸芸众生，也许对新闻和新闻背景贪得无厌，心中充满猎奇的渴望；也许如法国新闻学家贝尔纳·瓦耶纳说的，把报刊当做"花几分钱就可以买到的一面能够迎合他们的希望和安全感的旗帜"，但他们应当是报刊的主人。

二

报刊的平民意识是某种理想模式所致，同时，它的产生与商业因素也不无关系。越是没有商业因素的报刊就越难产生平民意识。

报刊的社会属性决定了它必须具有时代色彩。在计划经济体系中，报刊是纯吃皇粮的"贵族"，远离商业因素。市场经济的发展却向报刊提出了新的要求，因而如今的报刊具有双重价值取向：它必须是精神文化建设的堡垒，又必须是一个成功的企业。对于非党报、党刊的报刊尤其如此。

报刊含有商业因素，也许是许多人不愿看到的。但是，尽管报刊属精神文化产品，却与文艺创作等极端个人化的精神劳动不同，反而与物质产品生产企业一样必须面对市场，必须考虑市场定位（读者圈）、产品质量及包装（报刊内涵及印制水平）、销售（发行）、企业形象（报刊声誉）等。因此，没有任何商业因素的现代报刊在理论上是不存在的。

我们看到，那些精心策划的全方位立体报道，那些美轮美奂的印刷版面，大多出自积聚了雄厚财力的报刊。北京的一家报纸特派记者赴美国采访健在的诺贝尔经济学奖得主，这一策划如没有一定的经济实力支撑就无法实施。《羊城晚报》赴港采访"回归"的记者利用卫星通讯和数码传真及时发回大批彩色图片，这种时效性也是在经济基础上体现的。《广州日报》在1995年就跻身于广州市按国有资产总额排列的十大企业队伍，所以能投资百万拍电影，作为该报系列新闻报道的总结和延伸。《深圳特区报》的经济效益推动了本体的发展，创办了好几份彩色印刷的子报，扩大了报纸的覆盖面，增加了辐射的强度。《佛山文艺》作为一份地市级文学刊物，能够同《上海文学》联手举办"新市民小说联展"；能够召开一个研讨会一呼百应，请来许多大期刊的头面人物；能够从远在东北的大期刊挖人；能够有名家为之作颂，应该说，除了它的独特影响外，与它积聚的经济实力不无关系。由于如今的报刊大都没有国家的全额拨款，所以这些例子，都是以报刊经济运作成功为前提，都是报刊"扩大再生产"的范例。

正是在这种社会大场景中，报刊的商业因素日益受到重视。这从作为报刊主要经济收入的广告上即可知察。1993年1月25日，上海《文汇报》刊登头版全版广告，这是一次有些遮掩的尝试，所以声称广告收入捐给东亚运动会，并强调该日无重大新闻。但这毕竟是大牌报纸的一次突破，故受到报刊界广泛关注。其实，头版全版刊登广告的做法早已在广东悄然开始，在一些介乎于大报与小报之间的层面上屡试不鲜。只不过为了避免它的副作用，头版的广告越来越做得有技巧。

依然拿香港回归日的报纸为例。因为该日报纸发行量大，认真阅读的人比平日多，所以广告商甚为看好，一些报纸当然不愿放过这个机会。但是这些广告也打"回归"这张牌，与新闻形成同构。《广州日报》中午版的第一版（全日排序为第 49 版）是彩色版，有一 BP 机台的通栏广告，画面是天安门和维多利亚海湾，文字是"××迎九七，天涯若比邻"。《粤港信息日报》将第一版与第四版做成通版，左侧是一幅占三分之二版的热水器广告。广告的文案设计是这样的文字：1997 年 7 月 1 日，结束了英国对香港一百多年的殖民统治，也将结束香港没有国产热水器的历史。这些煞费苦心的构思是商家与报刊在商业因素方面的相互靠拢，或许也是报刊对广告客户精心挑选的结果，它表明广东一些报刊的商业因素正被置于报刊总体发展思路之中来考虑，已经日臻成熟。

当然，商业因素对报刊的根本影响并不在广告上。广告是第二波。第一波是报刊的发行量和影响力。众所周知，广告客户总是选择发行量和影响力大的报刊。如果有例外，那一定是有非经济的原因。那么，报刊界面对的题目是：怎样编印出具有最大限度观众的或者具有最大限度影响力的报纸杂志——在我们的社会里，影响力与发行量并不一定总成正比。也就是在对发行和影响的追求上，商业因素与平民意识殊途同归，相辅相成。

现代商品社会讲求包装，现代社会心理喜好浮华、热闹。与此对应，现代报刊也开始重视形象，版式、字体、色彩、纸张、印刷都成为异常活跃的因子，在报刊风格的形成过程中起了重要作用。

广东的报刊鲜明地体现了这种走势。在广东，所有的报纸每日都是红报头。广州的几家大型日报每日都有彩版，而且纸不厌好、印不厌精，与现代都市的七彩生活很是合拍。

这里有一个有趣的例子：《人民日报》几十年风格一以贯之，庄重、严肃、谨饬，但是一沾南风也有了变异。拿新创办的《人民日报·华南新闻版》与其母体比照，可以发现许多不同。"华南版"有彩色版；版式疏朗，不像其母体的版面那么紧凑、板滞；标题像广东地方报纸一样做得很大，且用一些新流行的字体，不像其母体多囿于黑体及其变体；头版上软新闻，追求可读性；报眼刊登广告。

"华南版"的这种风格究竟是因为南风的浸淫，还是因为中国第一大报也有"下凡"之心，尚不得而知。或许是两者共同作用的结果。在我们的阅读物里，书籍的面容已大为改观，报刊面容的改变或许也终将成为潮流。

三

平民意识和商业因素将对未来报刊的发展产生重要影响，或许将分别从采编和经济运作两方面推动新闻改革。

报刊的发行已不再是可以随意忽略的因素，由于市场经济法则的推行，由于报刊市场的纷繁，即便是堂堂皇皇的庞然大报，也必须到各处召开发行会，以属于自己的方式去稳定或扩大订户。在广州，报刊争夺市场的斗争在暗地里愈演愈烈。

《广州日报》于 1996 年特辟彩印的珠江三角洲新闻版，由城市向农村挺进，使发行量猛增。《南方日报》因为是省委机关报，必须面对全省广大农村，为了争取城市读者，创办了《南方都市报》，并在《南方日报》设立 "广州新闻部"，辟广州新闻版。《羊城晚报》则专设 "广州生活部"，以广州生活为龙头，每周为本埠市民送 38 个版的生活专题，其中含目前全国独有的双面彩色版。报刊争取读者，自然要把自己 "打扮" 成为读者所喜欢的模样，自然要有平民意识，这无疑是百姓的福音，与我们所要求的报纸的党性并不相悖。因为党的愿望与群众的愿望本来就应该是重合在一起的。

　　但是，报刊的平民意识有时也会产生负面影响，那就是一味迎合读者的倾向，由此不免沉湎于市民气息，格调不够高。这种现象，在一些影响甚大、品位较高的报刊中有时也有流露。比如《黄金时代》杂志近期就有两篇渲染女雇主勾引男雇员场景的文章，其意趣显然有就低不就高之嫌。《羊城晚报》近年来策划过好些成功的专题新闻报道，记者深入实地，就老百姓关心的事如生猪入粤问题等进行新闻追踪，干预了实现，受到市民的很高评价。但也偶有追求 "平民意识" 过头的时候。比如近期的一篇《捉 "鬼" 记》，几乎占了头版的全版，其实是为了有点波澜起伏，将与新闻事实关系不大、应置于记者谈甘苦或经验栏目的东西也塞了进去。这种 "小题大做" 的手法似乎值得商榷。此外，用方言太过的倾向，也是与 "平民意识" 有关的偏颇。所以我们对 "平民意识" 应当有个限定，那就是：尽可能多地提供新闻事实；在操作手法上戒哗众取宠之心。

　　至于商业因素，自然会有更多讨论评说。中国由计划经济进入市场经济，目前还只处于走合过程，社会的所有部件并未调节到最好的运行状态，我们需要的究竟是一种什么样的运作依然是社会关注的话题。报刊正从过去单纯的宣传工具转化为具有企业色彩的经济实体，对于它们自身来说，有生存和发展的压力，对于社会来说，却又有个商品经济条件下的道德评判问题。而商业因素的无限制扩大，则会使报刊出现诸如有偿新闻等负面影响。因此，对于报刊的商业因素，一是应当不避讳；二是应当加以规范。

　　平民意识与商业因素互为因果，能够互相促进。它们的介入，将对 20 世纪 80 年代以来有了长足发展的中国报刊产生重要影响，并有可能推动新闻改革的步伐，使中国的报刊适应新的世纪，在历史进程中发挥更大作用。

选自《粤海风》1997 年第 8 期

走过冷冽的清晨
走过割裂的大地
最终走不过的
却是心中的阴影

图: Peter Burg　文: 徐南铁
选自《粤海风》2000 年第 1-2 期

在生命的移动中
风景变幻了角度
变幻了的风景中
我再也不是从前

图: Adam Gohabar　文: 徐南铁
选自《粤海风》1998 年第 9-10 期

洁白的轻盈
飘向玄色的稳健
交融之际
却成一片淤泥

图: Uan Michels　文: 徐南铁
选自《粤海风》1998 年第 11-12 期

[中国报刊的尴尬时代]

一

从 20 世纪 80 年代初开始，中国报刊的繁荣景象已经维持了近 20 年。此间虽然有过好几次全国性的报刊整顿，每次整顿都有硬指标，要求各地砍去报刊总数的百分之多少。而且，国家新闻出版署有不成文的规定：各地报刊总量不变。要想获得新的报号刊号，当地必须有一种报刊出局，空出位子。这种规定已经执行了好些年，虽然并没有成为绝对的铁板一块，却已经足以使报刊的刊号成为当下中国最难获取的资源之一。但是，中国报刊的规模却一直在扩大，并且保持着蓬勃的发展趋势。

以期刊为例，1998 年是报刊整顿之年，但是该年的期刊依然呈现发展势头，全国共出版期刊 7999 种，总印发 25.37 亿册，与上年相比，种数增长 1.2％，总印数增长 4.6％，总印张增长 8.96％。如果加上那些持内部刊号、或者被改称为内部资料的期刊，数目更加可观。

但是事实上，中国的报刊正面临着新世纪的挑战。在繁荣兴旺和轰轰烈烈的外表之下，中国报刊有一种停滞和进退维谷的尴尬。

这种尴尬，主要体现为市场因素的渗透与现有体制的冲突。

二

中国报刊的真正发展是在改革开放年代，与时代进程紧密联系在一起。在改革开放的 20 年里，中国社会经济发展状态不但通过广告等直接影响着报刊，而且更重要的是以它的发展阶段和发展思路影响着报刊。因此，中国报刊业和报刊市场的发展深深地打下了时代的烙印。

在计划经济时代，中国报刊的属性较为单一，政治宣传的意义往往大于新闻和娱乐的意义。因此，那个历史阶段的中国报刊处于无所作为的阶段。到了 80 年代初，这种情形开始改变，报刊作为现代社会的重要构成，开始寻找自己的确切位置，展示自己应有的丰富内涵。这种转换当然是改革开放的结果。

由于改革开放之风唤醒了中国社会储藏已久的能量，在中国的经济体制逐步向市场经济转化的过程中，社会经济呈现出以急速扩张为特征的发展态势。经济大形势的冷暖直接影响着中国报刊的状态，经济热也在报刊领域得到了充分的反映。于是我们也就有了这 20 年的报刊大扩张。跑马占地、快速成长成为中国报刊 20 世纪末叶的全景描绘和概括，形成了中国报刊发展的黄金时期。

但是到了 90 年代中期，人们发现，盲目的经济建设 "热" 已经给社会造成了巨大的损失。不断地上项目，不断地扩大投资，不断地推出新产品，你有的我也有，你没有的我也要有，在推动经济发展的同时，这种现象也带来了严重的负面作用。全国各地曾经一哄而上盲目建设的开发区就是一个例证。在当时的金融体制下，呆账、烂账到了惊人的地步。不切实际的投资和重复投资比比皆是，资源的浪费触目惊心，恶性竞争已经不是新闻。如今许多地方搞的资产重组和企业转制，实际上从很大一部分意义来说是为前一阶段的盲目发展清理废墟。

报刊的急遽发展同经济的起飞一样，也留下了隐患，造成了无抑制无调节的竞争，致使报刊市场的发育不均衡、不规范。

当经济战线已经重新审视先前的发展思路之时，与经济建设进程同步的中国报刊将如何反观自己？

三

在中国报刊20年的发展轨迹上，有不少可圈可点的事件。从80年代初开始，我们经历了改名热、改版热、扩版热、办周末版热、改开本热、改彩印热及改纸热，这些大步跨跃，一下子就把我们的报刊推上了较高档次，使之迅速在设计、包装、制作等方面接近甚至达到世界先进水平。此外，编辑的作用得到了前所未有的强化。策划意识的凸现使报刊上了一个新的层次，就连文摘类报刊比如《新华文摘》也开始注意结构专题。

但是在走出无所作为时代之际，中国报刊却又陷入了纷争的境地。

市场经济的初级阶段是诸侯割据时代，无序的竞争是这个时代的重要特征之一。重复投资重复建设曾经成为时尚，就连机场也希望各地、市都有一个。在广州，一条路的左右两边各有一座电视塔，以经济学来说，这实在有点让人哭笑不得。报刊无疑也受时代风潮的影响，在大城市，最早是日报的天下，继而纷纷办起了晚报，然后又都来增办一份都市报。期刊更是处处开花，越办越多。

竞相办报刊的直接后果之一是内容重复，在现行新闻管理体制内，同一座城市的两份报纸不会有什么大不同。于是，由此又派生出一些其他的不良竞争行为，比如，希望自己的报纸具有最为丰富的内涵，但是采访力量受到局限，就抄袭或移植别的报刊的文章，冠以"本报讯"等笼统的归类，此类情况尤见于外地的有关报道。《中国青年报》对此公开表示愤怒，认为"这与盗贼何异？"此外，市场经济的推行也带来了商业化的泛滥，不少报纸在版面中加入了自己表扬自己的内容，有些报道甚至将事件的新闻意义置于次要，只顾突出或强调：是该报报道了此事件。这类很明显的商业行为在市场经济较为发达地区的报纸版面上尤为多见。其中更为令人瞩目的，则是报纸之间因竞争而起的含沙射影的攻讦。

这些情形，虽然与报刊的无序竞争有关，但我们是否可以得出结论，说中国的报刊太多了呢？

四

其实，如果从世界范围来看，中国的报刊市场依然大有潜力可挖。这里仍以期刊为例：西方发达国家的人均年占有期刊数大约是 10 册，日本是 15 册，而我国却只有 2 册，以我们如此庞大的人口基数来计算，留给中国期刊的发展余地还很大。

人们普遍认为，报刊业是朝阳产业，随着社会跨入信息时代，随着知识经济的到来，报刊将在现代社会中发挥越来越重要的作用，因而报刊业的发展大有前途。但是据国家新闻出版署 1998 年的统计，当年我国的期刊有 4/5 处于亏损状态，只有 1/5 能够持平或盈利。

报纸状况显然比期刊好，比如《广州日报》，1995 年就进入了广州市国有资产总额排名的前 10 位。但是同样有许多报纸正处于惨淡经营的境地，尤其是那些新办的报纸，要在丛林中杀开一条血路颇不容易，尚有待时日，这个"有待"的过程就是忍受亏损。如果用一句表述当下社会经济的话来描绘报刊的经济状况，那就是：贫富分化严重。有些报刊乘信息社会之长风，盆满钵满；有的则活得艰难苟且。

应该怎样看待报刊市场的并不饱和与激烈竞争两种相矛盾的事物却得以共存这一现象呢？

五

中国报刊因改革开放而崛起，因市场经济体系的建立而繁荣。它在发展道路上所遇到的种种问题是中国社会转型、经济转轨的必然，是改革开放向纵深发展的进程在中国报刊业的折光。

应当承认，报刊具有双重属性。它作为媒体，作为舆论工具，有政治的和社会的属性；但是它的企业化管理又使它具有经济实体的属性。这种双重性决定了报刊的微妙地位。有时候，它甚至在两种属性之间摇摆。但是在现代社会，第二种属性有强化的趋势。

在当下中国，市场经济体系的推进已经触及报刊领域。国家扶持了几十年的《人民文学》"断奶"，就是一个绝对信号。中国第一大报《人民日报》尽管几十年基本上依然故我，它在京城之外办的地方版却已经大大走近了市场。

但是，中国报刊的市场调节还未能真正发挥作用。比如说，因为报号刊号是紧缺资源，有一些报刊明明难以为继，却决舍不得放弃阵地。据《中华读书报》的资料，1997 年，全国期发行量在 500 册以下的期刊有 217 种，占当年期刊数的 2.7%。越是难以获得的，当然越不肯松手。这就大大消解了报刊整顿的成效。我们规定，须厅局级单位才能主管报刊。作为主管单位，关心自己之拥有再自然不过，因而，输血、分配订阅任务等非市场行为也就在所难免。实际上，有些机关报刊和行业报刊的存在意义值得怀疑。有的小报刊其实早已去社会责任远矣，仅为生存而奔波。那些由外人承包、买卖刊期、买卖版面等行为均由此派生。

在香港，社会上流传着一句关于报业的话，叫做：想叫谁破产，就劝他去办报纸。尽管有些危言耸听，但却至少表现了社会对于创办报刊的严肃和严谨。笔者曾在香港参加过一次新闻发布会，会后，我们的记者都循例留下用饭，香港的记者却没留下，说是要回去发稿。从中可见报刊在不同社会状态中的不同处境和压力。在法国，甚至申请办电视台也很容易，但是法国只有 6 家电视台，中国却有 3000 多家。从某种角度看，中国报刊的生存环境不算太差，只是缺少有效的市场调节。另外，中国处于市场经济的初级阶段，社会对文化的认识远不如对经济的认识那么充分，因而文化报刊在现阶段较难得到社会支持。笔者曾从事过两家冠以 "文化" 二字的报纸，报社的广告人员总是抱怨说，因为 "文化" 两个字，商家不感兴趣，不好拉广告。从中可见中国报刊市场的状况。

中国自古以来讲究文以载道，这种精神沿袭至今，就对文章借以传播的报刊非常重视，管理自然也比较严格。但是当市场经济的大潮涌来，万千事物都被波及，报刊界有 "断奶" 一说，即为明证。于是处身传统与现代之间的报刊不免两难，有些尴尬。

怎样摆正自己的位置，既注重政治的效果，又符合市场经济的运作规范，特别是在当前，如何适应不完全、不成熟的市场经济背景，恐怕是摆在中国报刊面前的一个世纪性课题。

选自《粤海风》1999 年第 9–10 期

作者原署笔名：徐亦成

［世纪之交的热点话题］

站在新世纪的门槛之前回望 20 世纪，中国文化经历过众多波澜。从世纪初的"打倒孔家店"开始，中国文化就在寻找一种适合历史进程的新形态。在不断摒弃、发掘、复归、重建的交错后，我们又看到了世纪末的一个热门话题：关于岭南文化。

为了不离感性太远，我们从一个小故事开始……

一

1996 年 7 月的一天，著名指挥家李德伦在《光明日报》文艺部组织的一个座谈会上即席发言，批评当前中国交响乐的演出状况是水平不高，票价太高。

李大爷随手拈了深圳交响乐团做例子，说："深圳乐团收入很高，但听说大家忙着做生意，也就没有什么演出。"

远离北京数千公里的深圳交响乐团通过《文化参考报》得知李大爷的评论，感到非常委屈。因为事实上，该团正在开展为深圳青少年的百场免费演出。团长姜本中认为，仅此即足以证明深圳交响乐团并不如李德伦眼中的那样忙着做生意，向钱看齐。

深圳交响乐团向《光明日报》和《文化参考报》表达了自己的异议。《文化参考报》即派人到深圳调查采访，发现深圳交响乐团挺注意社会效应，演出反响也不错，于是撰文为之辩解，并取了个有点火药味的题目——李大爷你有没有搞错？

姜本中读了这篇报道，心中稍平。但听说该报已寄给李德伦先生本人，又不由有些忐忑不安。他既不愿乐团名誉受损，却也不愿开罪德高望重的音乐大师。

没想到的是，不久，姜本中收到李德伦的亲笔来信。信中说："顷阅《文化参考报》，见指出我说了错话的文章，我特向你深深抱歉。我不了解深圳交响乐团近年发展的情况，作了错误发言。我只有接受这次教训，以后谈话要有根据。特此致歉并致敬意。"

姜本中在全团大会上宣读了李德伦先生的来信。李德伦的姿态博得了热烈的掌声。

深圳一家报纸对此作了报道，南京、上海、广州好几家有大影响的报纸作了转载。

有记者打电话到李德伦先生家里。老人家说："我说错了话，检讨是应该的。"

事情至此，已有一个完美的结局。

但是细想一下，人们关注的只是大指挥家的虚怀若谷、坦荡真诚，并没有更多地注意到这件事本身的文化背景和含义。

事实上，对于广东的文化方面的批评自 80 年代就不绝于耳，这已经成为本

语系统的一次漫不经心的流露而已。

这个小小的风波其实包含两个层面，一是事实的层面；另一个是社会心理认定的层面。事实的层面虽然是基础，但却远不及社会心理认定那么深沉有力。

对南方的文化批评并不是从老指挥家那儿开始。在老指挥家那儿，已经是"听说"，是流行的风闻。但这已足以说明，对一种新文化趋向的认同需要穿越长长隧道。

二

关于岭南文化的批评其实是源于岭南经济的新气象。70年代末80年代初，广东开放先行一步，经济上有了大发展，万众瞩目。于是有人开始关注广东经济成就的取得是否"合法"、"合理"，是姓"社"还是姓"资"。经济的发展是直观而有指标可衡量的，很难有批评的口实，因而批评者开始将审视的目光对准托举经济发展的文化。

广东步香港后尘，被冠以"文化沙漠"，受到许多批评。因为是文化沙漠，故不配称文化。"岭南文化"几个字是在反击中才公然亮出的。那时广东有许多文化人、准文化人纷纷跳出来反驳对广东文化的批评，可是那些反驳却是乏力的。虽然发表了许多文章，但大多都是尽力列举广东的文化成就如音乐茶座等等而已，就好像某位明星被人指责没文化，赶紧连中学时代被老师评了高分的作文也搬出来一样。

但是，岭南文化这面旗帜倒是被摇摇晃晃地树了起来。

90年代初，广东作协等单位曾出面邀请北京一批当红的青年评论家南下，搞了一个南北对话。原想仅对话本身就能获得一个平起平坐的感觉。没料想京城来的才子趾高气昂，对广东文化现状大加挞伐。他们雄辩地说：萤火虫之光比霓虹灯更富诗意。广东新军何曾见过这种阵势？挟经济发展之威而建立的一点自信竟被对方气势所压倒，先在锐气上就折了一阵。足见岭南文化在强势的文化批评面前还没有充足的底气。

及至邓小平南巡之后，随着经济的进一步发展，随着深化改革、扩大开放国策的确立和市场经济体系的逐步形成，对广东的社会经济发展方式有了定评，因而对广东的文化批评亦有淡化趋势。广东开始建构文化的自信，并在这种形势的鼓舞下开始从理论上研究和总结岭南文化。关于岭南文化的讨论开始真正进入文化层面。

1993年，广东省委宣传部组织了一次理论研讨会，议题是：社会主义市场经济与广东文艺，第一次将广东的文化状况与社会经济的发展现实联系起来思考，认为广东的新质文化具有一种超前性，代表着一种方向。这是一次具有某种标帜意义的研讨会。

此后，《人民日报》记者对广东的文化人和文化现象作了仔细采访，在该报发表整版文章，肯定广东的文化精神。1994年11月的《半月谈》(内部版)在转载一位南方学者的文章时,特地将题目改为《南风掠过皇城根儿》,肯定了南风的北渐。

1995 年,《人民日报》以大篇幅发表署名文章《朝阳文化、巨人精神与盛世传统》,从缤纷多彩的广东文化中提炼出一种新的文化精神。

与此同时,岭南文化开始从被动的辩解改为主动的张扬。例证之一就是广东同上海建立了某种程度上的文化同盟。上海综合经济实力雄踞全国第一,文化的积蕴也比广东深厚,而且它的文化形态与广东亦有反差。但是上海同广东一样曾经或现在被视为中华文化大系统中的 "另类";同广东一样,也在努力张扬市民文化和世俗文化。所以,两地一拍即合,自 1994 年起,轮流坐庄召开两地文化发展研讨会。广东的《佛山文艺》则同《上海文学》在 "市民" 内涵上形成共鸣,联手举办 "新市民小说联展"。

广东是 20 世纪末中国最具活力的地区,而上海则是最具实力且最具潜质的地方,两地在文化精神上形成某种同构,无疑将影响中国文化的发展。

广东的文化人开始 "牛气",称岭南文化是中华文化一个新的中心。

三

到了 90 年代中期,关于岭南文化的争议不再如火如荼。1997 年夏天,《人民日报 · 华南新闻版》在广州创刊。创刊号即组织了几篇岭南文化的评论文章。对于这张报纸来说,这或许是一种认同姿态的表示,但有些被邀写文章的广东文化人却明显的有些冷淡,对这个话题似乎兴趣不大。因此,讨论也没有多少反响。这大概是因为,广东在改革开放中集中迸发出来的新的文化精神已在全国得到呼应,这使得广东的焦点地位不再那么明显,批评声也不再那么刺耳,没有了那种对垒的阵势。

如今,广东的文化人,特别是文化批评者们关于岭南文化的讨论分两种走向。

一种人开始游离于讨论之外,或认为诸如商业文化之类的批评其实历史上早有驳斥评论,何劳再喋喋一番;或认为在中国大文化系统中,地域文化的概念本身就值得商榷,广东文化与北方文化并没有多少质的不同。他们宁愿将眼光扩大到整片国土。

另一种人则转为更细致、更深入、更实在的探讨。他们不再去争论广东是否文化沙漠,甚至敢于承认广东本来就不是文化的绿洲,因而不存在沙漠化的问题。他们所要论证的,是近十几年建立起来的新的文化态势,论证它在中华文化发展进程中的作用和地位。

不论是研究共性还是研究个性,在时代大潮推动下,两种人殊途同归,最终在中国商品经济时代的理论探寻地带相逢。因而,广东已成为中国鼓吹和研究大众文化、商业文化、技术文化的重镇。应当说,它对中国文化的完整性建设和推动它的前行作出了不可或缺的贡献。

四

但是，尽管对于岭南文化的批评已由最初的情绪发泄开始转向学理探讨，但依然存在着迷惘。

自从《城市季风》出版以来，不同地域的文化比较蔚然成风，甚至出现了一套又一套的分地区论述文化的著述，构成了90年代出版界的一个热点。

但是，这只是一种奢谈文化的现象，借助文化的大旗图出版的"繁荣"而已，并没给文化本身带来多大益处。写手们将一知半解、道听途说的东西加以拼凑，一叶障目，就俨然地域文化的权威，妄加评点。甚至把隔壁住的几家人的特点概括放大到整个地区。有的作者从未出过远门，没有比较的参照系，所归纳的地域文化特点无异隔靴搔痒。有的书则流于山川形势、旅游景点、风土人情介绍。

这种地域文化的虚热，追根溯源，还是改革开放之后的南北对话引发的。

岭南文化的概念其实并非一个地域文化的概念，关于岭南文化的批评其实也并非一个地域文化问题。所谓岭南文化，是中国现代化进程中萌生出来的一种适应历史发展的新的文化精神。对于它的批评，是对一种文化走向的体察和担忧。但是这种走向却又具有那么强的生命力和感召力，以至于"正统"文化不得不予关注。这就形成了文化上的"动态"与"静态"的斗争，使偏于一隅的岭南文化被推进历史的视野。

在私下里人们对南北文化的争端有个比拟：贵族与平民的矛盾。说得更直露的则是：贵族与暴发户的矛盾。这当然是民间话语，不足为据。但其却道出了某种社会心态。如果我们剔除其中的情绪化色彩和不小心触及政治神经的可能，我们会发现，这种比拟很有些意思。它实际上认定了这是一场经济与文化关系的争执。文化应当随着经济前行的脚步改革、发展，还是依然高高在上俯视经济？

五

现代商品经济对传统文化的侵蚀和牵动是一个世界性的话题。在中国，有人提出了"投降"还是"抵制"的选择。它的最早体现之一就是对岭南文化的批评。

但是由于经济的发展对文化建设的辅佐是显而易见的，所以中国文化处于两难境地。

在广东的顺德，有一家私营的歌舞厅开业，某邻省艺术学校的学生在一位副校长的带领下，在此表演半个月。湖南省杂技团学员班的小学员也在开业第一晚表演节目。为了贴近卡座的观众，他们竟在裸露的大理石地板上翻跟头。

这种场景，也许是对艺术的亵渎。但是，对于艺校学生来说，他们获得了一个有收入的实习演出场地。这里有台口达18米的标准舞台，有5道幕，有一流的灯光设计。对于杂技团的学员来说，他们得到了一个表演的机会，而他们的训练基地不在家乡湖南，却在不远的中山市。中山市为他们的基地建设提供了某些方便。

经济与文化的关系是世纪之交的巨大难题。这里面有失落，有悲壮，有痛苦，有涅槃。经济与文化都有自身的发展轨迹，它们的交叉或者合流都不以人的意志为转移。书斋里的学人以坚守为己任，生活的旷野上却必然是另一番风景。

当外省的许多艺术家、作家、歌手纷纷进入广东，登上广东搭的大舞台，演出他们原先未能尽兴一展的风采时，我们该怎样评价广东的文化呢？

六

对岭南文化的评判一直没有完全摆脱困惑。这不但因为至今未给岭南文化以一个权威的理论概括和界定，也因为对岭南文化的讨伐从一开始就没有一个纲领，情绪掩盖了理念。实际上，广东的文化人，尤其是作为"新客家"的文化人同样常常陷入尴尬的境地。

他们或者为了证实自己的南来选择，并没有深切认识岭南文化却大谈岭南文化；或者为了加强自己作为传统意义上的文化精英形象，为了避嫌，在享受着岭南文化所造成的清新空间的同时对岭南有着诸多的苛求。

有人每逢广东在全国文化艺术评奖中成绩不够理想时则叫喊：与身份不符！这是因为他们由经济发展膨胀了文化发展的野心。

岭南偏于一隅，不论从地域、人口、文化积淀看，与北京、上海都存在不可比性。如果一定要比出了几个大学者，出了几本书，恐怕有些勉为其难，至少在目前这个历史阶段是如此。

事情的关键也许在于我们怎样理解岭南文化。很显然，它不应是一个地域文化的概念。对于岭南文化的批评，本身就并不停留在文化设施、文艺成果、文化氛围之上，而是直指道德风俗、价值取向等等，批评诸如重商性、善变通、公然言利等商品经济时代的文化因子。因此，将岭南文化视为地域文化之一种，则必然使岭南文化讨论的意义大打折扣。

七

如今，广东的新闻媒介为广东的某个文化产品张目时，常津津乐道于京城名士的评介，如：某某说，想不到广东这种商品经济发达的地区，还能产生这样的好作品！这种例子显然包含有如下几种文化信息：

其一，文化界的流行看法是，经济发展与文化的进步是方枘圆凿，不可交融，所以广东出文化成果令人惊奇；

其二，传统文化对于经济依然有一种"君临"的感觉，所以广东的文化产品会因为受到"正宗"的褒扬而沾沾自喜；

其三，这是事情最终结果，即商品经济社会也可能产生获得传统文化认可的精神产品，或者说，传统文化评判标准也在随社会经济发展而变化。

这样三点，正可作为关于岭南文化讨论的总括。

回到文章的开头去。李德伦先生对深圳交响乐团的评论也不是空穴来风，他说的情形确实曾经存在，但如今大有改观。这或许正是现代商品社会文化状态的写照：初起时狂乱，令人迷惘；继而走向有序，渐次成熟，在与传统文化的不断微调中显示出强大的生命力。

农业文明必然过渡到工业文明，这个转换之间必然有失范、无措的一环。我们不必只知怨天尤人，应当积极投入到社会文化的整合中去。文化精神的发展前行是缓慢的，但是，我们也许可以借用一句广告语：我们跨出的一小步，就是人类前进的一大步。

选自《粤海风》1997 年第 8 期

作者原署笔名：严加

[中央电视台的情感误区——央视不在乎母亲的眼泪？]

如今的电视节目时兴请嘉宾。

在不少人看来，在电视屏幕上露露脸，挺光彩的。但是，所谓嘉宾，事实上是在给电视台做工具。尤其是做那些综艺节目的嘉宾，装装傻、耍耍娇，或者乘机卖弄两下，最得电视台的欢迎，下次准保再找你。

话虽然这么说，大多数人还是愿意去做嘉宾的，因为喜欢被人注意毕竟是社会人的天性之一。特别是对于那些公众人物来说，更是如此，他们希望频频亮相，至少"混个脸熟"。

但是有些人做嘉宾却做得很无奈，他们纯粹是一种工具。

在国庆前夕中央电视台的那台晚会上，我们就看到了这样几位嘉宾。那是几个英雄的妈妈——刘文学的妈妈、刘英俊的妈妈、高建成的妈妈和李向群的妈妈。

刘文学还在我进小学时就牺牲了；刘英俊倒在惊马之下也是六七十年代的事。岁月的流水也许已经抚平了母亲心中的伤口，丧子之痛已经埋藏在心灵深处。但是另两位英雄却是在1998年的抗洪斗争之中倒下的，尸骨未寒，母亲的心还在流血。李向群的妈妈看上去还不老，倪萍称她为"年轻的妈妈"；高建成的妈妈则是一个真正的老人了。这一老一少两位英雄妈妈戴着硕大的红花，在镜头前一直流着泪。尤其是高建成的妈妈，白发人送黑发人，心中的悲伤不言而喻。她的眼光低垂着，神情木然。倪萍虚拟式地拥抱了她一下，似真似假地说：噢，英雄妈妈！这位英雄妈妈没有任何反应，就如倪萍怀中的玩偶。

也许，导演需要的就是她们的泪水。她们虽然已经为人民祭献了儿子的生命，竟然还没有完成时代的重任。

我们完全有理由相信，中国的母爱中充满精忠报国、舍生取义的博大情怀。英雄母亲为儿子的献身怀有自豪。但是她们并不寻求荣誉，对于一个母亲来说，有什么荣誉比儿子的生命更重要呢？像高建成母亲那样的老人，我想，她不会对中央电视台的恢宏场面感兴趣；看那演出，她也不一定会兴奋，觉得很值。谁能否定她需要的也许只是安静？把她请来搓揉一下她心中的伤口，无非是让她给晚会做个道具，于老太太自己而言，能有什么呢？

在我们这个社会里，政治需要当然也无可非议。英雄妈妈出场出镜，自然也找得到意义所在。只不知道有没有人想到过老太太心里的感受！那善解人意、最擅煽情的倪萍在一口一个"英雄妈妈"的时候，有没有用心去触摸一下老人的心？

我们总是过于重视自己的需要，却忘记了别人。特别是当我们的需要装扮成一种理念出现时，更是可以要求别人做出牺牲。

或许今年重阳节期间广州市郊某敬老院的落成典礼也是让人慨叹万端的场景，堪为"典范"。

下面是《广州日报》关于此事的报道：

"是日上午9点开外，笔者到达郊外的那家敬老院，一下车便看见两排着装统一的老阿婆老阿公，挥动着手上的鲜花向宾客们致敬。笔者观察了一段时间，发现只要有来宾经过，老人们就会被旁边的工作人员吆喝着'来了！起来！起来！'并要求他们向嘉宾们挥舞鲜花致意，如此反复，折腾了一个多小时。"

　　在这个事件里，老人们又做了一回工具。

　　建敬老院的目的是敬老，使老人舒适，如今却使老人难受，变成了某些人政绩和场面的点缀。这种异化真是令人目瞪口呆。

　　对于伟大的历史车轮来说，人自然渺小得只是工具，是垫起车轮使之通过泥泞的木板或者石块。但是我们并不能因此而藐视生命和感情，不尊重生命和感情。

　　我想，上面说到的两个例子，都是不经意的流露。我们需要从文化的深处反省。

　　至于作为大众信任的媒体，更是应当多一些情感关怀，少一些"作秀"。不是已经有人在报刊上对中央电视台的春节晚会老念电报表示反感了吗？都快到21世纪了，我们的宣传手段似乎不应该那样蹩脚了。

选自《粤海风》1999年第11—12期

作者原署笔名：徐亦成

[减负，何以成为缘木求鱼]

每过一段时日，我们就会有一个热门话题。这话题很时髦，但却常常大有人云亦云的味道。在许多情况下，这些话题不一会就烟消云散，了无踪迹。

今年春天，我们就有这么一桩事：学校开学时，我们很是说了一通关于"减负"的话题，各种传媒大做文章，甚嚣尘上，采访这采访那，就连我们全国人民代表大会的委员长也出来说，他那正读书的孙子是家里负担最重的一个。但是"减负"一事却一直雷声大雨点小，最后，"事如春梦了无痕"。孩子们的书包还是那么大，作业还是那么多，课余时间还是排得那么满。热热闹闹的"减负"似乎并没有给孩子们的生活带来什么新东西。

有中学老师对学生说，你们好好读书，减负不关你们的事，你们不要管。据了解，这种情形具有一定的代表性和普遍性。笔者曾问一所农村重点中学的老师：学校有没有减负的措施？回答说有！我们原先星期六上午上四节课，现在改为三节。星期六本就不应上课的，这种减负，只是令人苦笑而已。

但是，这种虚应差事的减负，却有着深厚的社会背景，因为大多数做家长的，并不支持减负。甚至有家长这样教孩子：别人"减负"，你正好加把劲赶上去，超过他们！

事实上，不论是教师、家长，还是学生本人，大都没有把"减负"当回事。学生也许有减负的欲求，但是在这种教育结构的三极中，他们最没有主动权，因而也最无奈。在这样一种情形下，"减负"从何说起？

于是这一番热热闹闹的减负，竟有一层闹剧色彩！

这一类一相情愿、自说自话的闹剧，我们看得倒是不少。我由此想到20世纪80年代也有一个与教育有关的热门话题——提高教师社会地位。

当时体脑倒挂，不少教师见异思迁。政府适时地发现了这个问题的危害，提出要提高教师的社会地位。中国的教师节也就是在那时应运而生的。当时也是所有的媒体漫天地说这个问题，可以说舆论声势造得够足的了，但是收效并不大，教师的社会地位并没有看到明显的改观。

这是为什么呢？记得当时我就想，如果给教师大幅度地增加工资，他们的地位就能提高，这比光是口头上号召社会尊师重教有效得多。否则，就有光说不练之嫌。或者练是练了，但练的是花架子，不是真把式。

有一点是不争的事实：今天教师社会地位大为提高的一个重要原因就是国家和各地都在不断增加教师的收入。随着经济的大幅度发展和知识经济时代的到来，体脑倒挂的现象日渐式微，尊师重教渐成风气，教师的社会地位远远高于从前。过去不准师范专业的毕业生离开教育战线，如今这一条也放松了，教师队伍已经不再需要靠这样的强制手段来稳定。在珠江三角洲，中小学教师的收入高而且稳定，成为较为热门的职业之一，每当各学校向全国招聘，都会吸引大量的人前来报名。如今，在珠江三角洲得到一个教位已经颇不容易。

看起来，许多事情光是讲在口上一点用也没有，必须找到事情的症结，对症下药。

再回过头来看看今天我们的"减负"，其之所以成为一种白嚷嚷，与当年的空谈提高教师社会地位很有相似之处，也是因为我们只在表面上下工夫，反倒是不管事物的实质，因而弄得走过场，做许多无用功。

学生负担过重，根本原因在于不合理的高考制度，在于违背现代教育精神的电脑派位。有目前这种高考制度作祟，有中小学升学的电脑派位作祟，我们就无法平心静气地开展素质教育，无法给学生减轻负担。

但是我们的"减负"不从根本入手，只是做许多口号式的工作，这种减负自然只是奢谈而已，没有实际效果。高考和升学制度是我们教育体系的灵魂和归宿，离开高考和升学制度的现状去讲"减负"，岂不是缘木求鱼？这种做派，反而容易有口是心非之嫌。

从当年的事一直看到今天，我们应当为自己的观念和行为方式而惭愧。我们老是做方枘圆凿的事，而且并不仅仅体现在教育方面，只不过涉及到孩子，涉及到未来，我们更为忧心而已。

可是，救救孩子的呼喊，竟然化为一次走过场！

但愿我们的思维不要再在狭窄的胡同里胡乱转悠，既骗人也骗自己……

选自《粤海风》2000 年第 5—6 期

作者原署笔名：徐亦成

[顺德魅力：经济现象还是文化精神？]

我们的国家虽然幅员辽阔，人口众多，但文化精神上却一贯寻求一种统一。这种统一体现在经济工作上就有讲究模式、推崇典型的风气。因此我们常常处于典型的光芒笼罩之下。我们的报刊也因此有做不完的工作，典型的名字总在第一第二版流连。

六七十年代，"农业学大寨"是一个妇孺皆知的口号，千千万万农村基层干部跨长江、越黄河，来到大寨参观，"站在虎头山，放眼全世界。"从大寨的样式出发，很多地方在山坡上伐树割草，修筑梯田。没有修梯田的，也大多在山坡上辟出几十块十数平方米的空地，用石灰水写上"农业学大寨"几个大字，起着昭示决心、强化氛围的作用。

但是事实结果究竟怎么样呢？我们无法估算参观大寨的车马费和书写标语的误工补贴有多少，但至少我们可以知道不顾实际而以修筑梯田去学大寨已标志着某种模式、某种希冀的破产。

在漫长的岁月里，中国人已经被"典型"挤压得麻木了，追求"形似"而无法企及"神似"。或许我们可以拿学习顺德来作一个比照。顺德是改革开放的老牌明星，是珠江三角洲经济发展的杰出代表，一直受到称颂和仰慕。但是学习顺德的最大高潮恐怕要数1997年。这一年，中共"十五大"召开，在"十五大"报告中，中共中央肯定了寻找公有制多种形式的尝试，这就等于肯定了顺德市自1992年开始进行的产权制度改革。难怪顺德有的干部说："'十五大'报告就像是为我们顺德写的。"

一时间，顺德成了一个聚焦点。从中央到地方的报纸连篇累牍报道顺德经验，电视台、电台及各类杂志也参加了这个合唱。所形成的声势，并不亚于当年的学大寨。

所不同的是，毕竟是商品经济时代，一切都不免打上时代印记。学顺德的潮头立得特别高，特别壮阔，但并不像当年学大寨那样绵长。这或许就是商业社会热点的传递迅急和转移快速的折射。

当然也像当年学大寨一样，全国大大小小的干部纷纷踏上顺德这块土地取经、考察。某直辖市领导带了几个局长来，顺德只派出一位接待副科长招呼，明知在中国这是不符合接待规格的，但是没有办法。因为当时顺德市一级领导正忙于接待中央领导。从这一小事可知道顺德的"热"。

现在的问题是我们究竟向顺德学些什么？

这一轮来顺德学习的人当然都是冲着产权制度改革来的，这是我们当下的"显学"。顺德人向来"取经"的人也是谈与此有关话题。

但是人们从顺德回去，却发现很难推行顺德的做法，于是一切照旧，去不去顺德参观似乎没什么差别。因而有了民谣："来时很激动，听时很感动，回去没行动。"

为了摆脱这样一种困惑和尴尬，人们不得不寻找一种心理平衡。报上不是说顺德转制是"转得快，好世界"吗？人们却从另一个角度去认识，于是就有另一种版本流传，叫做"好世界，转得快"。以为顺德之所以转制搞得早，是因为条件好。比如说辖制必然触及现有企业人员出路问题，顺德的应对方式是尽力完善社会保障体系，有人则认为这是因为顺德有钱才能这样做。

　　由于"参观"和"学习"较多地着眼于具体事物。而中国那么大，各地确实有那么多的不可比性，这就必然造成隔靴搔痒的情形。这与当年那种"带着问题学毛著"的思想方法大概是异曲同工的。所以，我们的生活充满典型，但是典型也许并没有给我们带来很实际的推动效果，反而使我们对新生事物的敏锐感受越来越磨损，越来越粗糙。

　　外省到顺德来参观、考察的人，大多要找散落扎根在这块土地上的老乡聊聊。那些老乡有着地域文化的对比，体验到行为方式的差异，面对家乡来的"取经"者那种很认真于顺德具体做法的考察模式，有的就说：你们那样是学不到顺德的……

　　那么，究竟应当怎样去学习顺德呢？这恐怕不仅仅是怎样看待这样一个典型的问题，也不仅仅是如何评判产权制度改革的问题，它实际上反映了我们思想方法上的缺陷。站在新世纪的门槛上，站在新的经济时代的入口处，我们现当清理自己的思想库房，审视自己早已习惯成自然的东西，其中就包括这种学习典型法。

　　在我看来，顺德最值得学习和研究的是一种文化精神，隐藏在经济奇迹后面并起着支撑作用的正是这种文化精神。

　　顺德的文化精神至少有三点是值得肯定和张扬的，那就是敢于自我否定；敢于承担风险；一切从实际出发。

　　顺德在掀起改制风云之前已经有功成名就的模样，它是"广东四小虎"之首，声名远播。1990年和1991年的国家经济宏观调控期间，顺德经济仍以每年18%至20%的幅度增长。1992年邓小平南巡之后，来看顺德的人已是络绎不绝。但是顺德就在这一片叫好声中，说自己处于危机之中，提出了转制的设想。

　　我们见多了落后地区否定前阶段的自己，这样对上对下对历史对前任都说得过去，但顺德在辉煌之中否定自己，那就需要很大勇气。何况，顺德历来的成功经验是"三个为主"，其中"公有制为主"摆在第一，现在却要否定自己的特色和经验——在"十五大"召开之前，顺德人并不知道"公有制的多种形式"这一说。据说广东省的省委领导得知后，也感到非常突然。

　　敢于自我否定正源于敢于承担风险。在顺德，做个太平官还是很容易的，正如顺德的干部说的：烂船也有三斤钉。在顺德何愁不能安安稳稳过日子？但是搞那闻所未闻的转制，就不免有前途未卜之虞。不改不是不行，要改则困难重重，说要冒撤职丢官之险并不为过。那时候，报纸批评顺德国有资产流失，是没有国营企业的市，"顺德现象不可掉以轻心"的呼喊甚至传入了中央政治局。顺德市一位领导忆及当年时这样说："对党负责，对人民负责，这些话做报告好说，但是遇到这样的问题，才是真正的考验。"这显然不是套话，其中甘苦自知。

说顺德是"好世界，转得快"太轻巧了，只不过说明了在忽视文化精神时那种典型的和模式意义的失败。

顺德有一家企业集团，当年与香港一集团寻求合资可能，对方坚持要占51%的股份，也就是说要求控股。那年头我们的规定是我方必须占51%以上的股份，怎么办？结果是顺德让对方控股。这是顺德不唯上、不唯书，只唯实的一个小小例证。后来那家合资集团成为产值逾亿元的高新技术企业，是顺德的骨干企业。如果当年的起步因控股问题流产，那么今日的情形是绝难想像的。

本文并无意探讨转制的进程和理论或控股的得失，所要强调的只是一种文化精神。在中国，形式主义的东西太多了，充斥着我们的四周，僵化着我们自己，蒙骗着我们自己，真正的形而上的思考却太少了。关于顺德，如果我们能暂且撇开那些具体做法的经验，认真想想他们所作所为中所蕴含的文化精神，中国的各类典型、模式将真正的虎虎有生气。

综观我们近20年来走过的路可以发现，社会经济的发展具有三个层面的推动。第一是政策，依靠政策的推动见效快，但不稳定，且缺乏综合协调能力和持续发展后劲。第二是制度，制度较为稳定，是政策的定型化，但它的推行有一个过程，且有变异之可能。第三是文化，深藏在人们心灵深处的文化精神是最为稳定最为丰厚的结构，所发挥的效力最为持久。它将影响制度的建立和推行，是最深层的动力。所以，从长远发展看，我们必须培养新的文化精神。

如果我们不能追寻事物的内涵去发掘文化精神，那我们只能沉溺于单向度的、平面化形式主义生活，熙熙攘攘的来来往往，将成为我们庸碌无为的见证。

选自《粤海风》1998年第1—2期
作者原署笔名：徐亦成

是谁曾在此仰望天空
我只知道天空依旧
所有的凋零都是一种符号
纠结在天空的视网膜中

图：王宁德　文：徐南铁
选自《粤海风》2000 年第 1-2 期

让人遐想的总是那晦暗的深处
狂野、诡秘、纷繁、纠缠
却在向阳的这一边
字正腔圆地叙说明媚

图：徐南铁　文：杨宛星
选自《粤海风》2000 年第 5-6 期

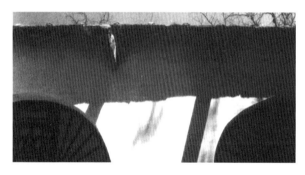

下午的太阳很刺眼
泻下了燃烧的印记
亮的天空和黑的影
是一次无语的定格

图：曾志　文：徐南铁
选自《粤海风》2000 年第 7-8 期

欢乐跌入历史深处
流光策划了残缺美的构想
飘逝的青春默默无语
眼波轻洒就有旋律跳荡

图：潘英伟　文：徐南铁
选自《粤海风》2000 年第 9-10 期

［《风之首》跋］

给自己的文章编书其实就是一次回忆，那些当时的景况和写作的心情早已经远去，已经随时光之风四下飘落，却因为编书的呼唤蜂拥而至，又一次回到自己的面前，在心底激荡起往事的波澜。

《粤海风》改版以来，已经留下了 10 年的脚印。过日子的感觉总是有点诡异。当年看 10 年后属于远眺，万水千山，似乎隔着无尽的遥远。没想到 10 年就这样悄然消失，迅速地演化为回望。回望与远眺大不相同，它是那样地透明，漫漫岁月一眼望穿。时光变成了若干薄薄的册子，叫人一时恍惚起来，难以确定自己的人生价值是否真的夹在了其中的某几页中？

过去的日子要摊开摆在一起才能看出点味道。《粤海风》的 10 年变化一在文章，尽管一直是非核心的、几乎全是自由来稿的刊物，但是文章的分量显然逐年加重。起步之初稿件不够，有时还得自己动笔凑数，这本集子里所附的文章就是从这种不得已的"补白"之作中选的。所幸的是，后来就渐渐没有了自己操刀的机会。另一个变化在版式，尽管图像是我极喜欢的关注对象，但是没有精力持续关注，于是版面就日渐静默、纯粹了。除此，其他没变——办刊理念没变，还是当年确定的宗旨和理念；办刊形式没变，还是缺人少钱的小制作。

卷首语只有数百字，却因为渴望"出彩"而不易经营，几成负担，以致有数度生出放弃的念头。但是许多朋友劝我坚持，声称他们每期都坚持读。既然有人"喝彩"，我也就没舍得歇肩。聊以自慰的是，10 年的春花秋月慢慢积淀成风格，这些小文与大多刊物的卷首语有着显然的不同。

年轻设计家张红婴为这本书添加了许多美术元素，比如《粤海风》每年不同的封面，比如让青年画家刘一行作了几幅富有哲理意味的插图，还选用了几首我为《粤海风》的一些图片配的诗，使得本书的内容和版面顿时丰富起来。我的本意是出一本薄薄小小的册子，很纯净很朴实，但是张红婴用包含诗文以及图片的设计使我改变了主意。我由此更加相信，年轻能产生美好，包括设计。

最后，为了虔诚的回顾和纪念，我给自己题写了书名。

徐南铁
2008 年 5 月